最美的诗词故事大全集

大全集

周成龙 主编

第三卷

时代文艺出版社

目　录

此情可待成追忆——传说中的爱恨情愁

万古唯留楚客悲：诗词中的怀古故事

目
录

此情可待成追忆

传说中的爱恨情愁

第三章　情到深处无怨尤

　　为爱付出是幸福的。痴情要付给不辜负痴情的人。爱情能够继续下去，是双方愿意花费心思彼此取悦互相讨好的过程。爱情的结局未必圆满，有时背叛，有时无疾而终；期盼的不知道为什么总是在水一方。使人不得不慨叹"天若有情天亦老"。

虞帝南巡去不还，二妃幽怨水云间
——湘妃竹的神话

湘浦曲

高骈

虞帝南巡去不还，二妃幽怨水云间。
当时垂泪知多少，直到如今竹尚斑。

舜帝（舜的祖先封地在虞，所以后人也称他虞舜，虞帝即舜帝）到南方巡游再也没有回来，湘江洞庭的水云之间，迷散着两个妃子的幽怨之声。她们当时也不知流了多少泪，直到现在的湘妃竹上还是血泪斑斑呢。

舜帝一生，巡狩四方，降孽除瘴，感化荒蛮，留下了万古德风。他南下洞庭，远征九嶷，驱象为耕，天地人和。舜帝与娥皇、女英之间悱恻缠绵的生死爱恋，演绎成美丽凄婉、传唱千秋的爱的长歌。

舜是黄帝后裔中的一个分支，距黄帝九世，居住在黄河中游。传说中舜的外貌"目重瞳子（两个瞳仁），龙颜，大口，黑色，身长六尺一寸"，身材魁梧。他非常能干，能耕地，懂渔猎，会制陶器，他极孝顺，又处事公正，得到了周围百姓的爱戴，名声传到了尧的耳朵里。尧年老之后，问大臣们谁能继位，大臣推荐了舜。尧于是对舜进行了实际考验。三年后考察结束，尧放心地把帝位传给了舜，后来历史上称这种行为为"禅让"。以后舜仿照尧的做法，也把帝位禅让给了禹。

尧帝有两个女儿美丽而贤惠。大女儿叫娥皇，二女儿叫女英。她们嫁给了舜。微风吹拂，水波荡漾，花瓣丛中，露出娥皇、女英的倩影。她们翩翩移下莲座，迎接英武的舜帝，舞动柔美的纱巾，相互倾诉心仪已久的爱慕之情。翠竹婆娑，春意荡漾，舜帝与二妃沉醉于密密丛丛的竹海爱巢之中……舜做了天子，娥皇年长为后，女英年幼为妃。

登基之后，舜与两位心爱的妃子泛舟海上，度过了一段美好的蜜月。她们居住在洞庭湖畔、潇湘江边，经常在竹海中游弋飘舞。人们都称赞娥皇、女英聪明、坚贞、仁慈。舜常常出外巡视，认真考察诸侯的政绩，施行赏罚，受到天下人的拥护和爱戴。

当时传说湖南九嶷山上有九条恶龙，住在九座岩洞里，经常到湘江来戏水玩乐，以致洪水暴涨，庄稼被冲毁，房屋被冲塌，老百姓叫苦不迭，怨声载道。舜帝关心百姓的疾苦，他得知恶龙祸害百姓的消息，饭吃不好，觉睡不安，一心想要到南方去帮助百姓除害解难，惩治恶龙。

舜帝的两个妃子虽然出身皇家，又身为帝妃，但她们深受尧舜的影响和教诲，并不贪图享乐，总是在关心着百姓的疾苦。她们对舜帝的这次远离家门，也是依依不舍。但是，想到为了给湘江的百姓解除灾难和痛苦，还是强忍着内心的离愁别绪，欢喜地送舜上路了。

这一年，刀兵冽冽，大氅飞扬。英武神勇的一代帝王舜帝，他承尧天，离北国，挥师中原，巡狩八荒。入南疆，安邦治国，辟土拓疆。南方衡山一带有苗部落发动叛乱，舜亲自南征。苍梧之野，象怪头领率领象怪劫物掠民，频频作乱，将一位民女子蕙打伤。舜帝率军赶到，与象怪搏斗，救出了子蕙。两军对垒，胜负难分。紧要关头，舜帝魔幻的琴声令象怪们如着魔般不寒而栗、狂舞不休，最后一个个抽搐瘫倒。村落长老带领的村民们蜂拥而至，饱受其害的村民要杀死象怪报仇雪恨。舜帝明之以德、晓之以仁，予以阻止。舜帝驯化象怪，驱象而耕；教化子民，劳作耕耘；歌声中，人猴共舞、君民同乐；田禾茁壮，民享安康。歌声中，子民称颂仁慈德祖，万民拥戴一代帝王。不甘失败的象怪头领纠集残部，疯狂反扑，血洗村落。刀光剑影的铿锵，生死决战的嘶喊，震撼苍穹。终于，邪恶的魔影在致命一击中轰然崩溃。远处，一座雄峰矗世横空，依稀可辨舜帝英武神勇之形。九嶷山下，舜源峰前，处处留下不朽的英雄传奇。

　　舜帝走了，娥皇和女英在家等待着他征服恶龙、凯旋的喜讯，日夜为他祈祷，早日胜利归来。可是，一年又一年过去了，燕子来去了几回，花开花落了几度，舜帝依然杳无音信，她们担心了。娥皇说："莫非他被恶龙所伤，还是病倒他乡？"女英说："莫非他途中遇险，还是山路遥远迷失方向？"她们二人思前想后，与其呆在家里久久盼不到音讯，见不到归人，还不如前去寻找。于是，娥皇和女英迎着风霜，跋山涉水，到南方湘江去寻找丈夫。

　　娥皇、女英千里寻夫来到九嶷。她们在一座又一座山峰中跋涉，在一群又一群香客中寻觅。翻了一山又一山，涉了一水又一水，她们终于来到了九嶷山。她们沿着大紫荆河到了山顶，又沿着小紫荆河下来，找遍了九嶷山的每个山村，踏遍了九嶷山的每条小径。这一天，她们来到了一个名叫三峰石的地方，这儿，耸立着三块大石头，翠竹围绕，有一座珍珠贝垒成的高大的坟墓。她们感到惊异，便问附近的乡亲："是谁的坟墓如此壮观美丽？三块大石为何险峻地耸立？"乡亲们含着眼泪告诉她们："这便是舜帝的坟墓，他老人家从遥远的北方来到这里，帮助我们斩除了九条恶龙，人民过上了安乐的生活，可是他却鞠躬尽瘁，流尽了汗水，淌干了心血，受苦受累病死在这里了。"原来，舜帝病逝之后，湘江的父老乡亲们为了感激舜帝的厚恩，特地为他修了这座坟墓。九嶷山上的一群仙鹤也为之感动了，它们朝朝夕夕地到南海衔来一颗颗灿烂夺目的珍珠，撒在舜帝的坟墓上，便成了这座珍珠坟墓。三块巨石，是舜帝除灭恶龙用的三齿耙插在地上变成的。娥皇和女英得知实情后，难过极了，她们扶竹洒泪、悲痛欲绝。霎时间，电闪雷鸣、泪雨倾盆、竹林尽染。二人抱头痛哭起来。她们悲痛万分，一直哭了九天九夜，她们把眼睛哭肿了，嗓子哭哑了，眼睛流干了。

翠竹斑斑湘妃泪，万点千滴不了情。最后，她们哭出血泪来，在悲痛之下一起投水自尽，死在了舜帝的旁边。洞庭湖畔，斑竹林中，人人传诵古老的爱情故事。娥皇、女英泪水挥洒在竹林，染竹成斑，人们将这种竹子叫斑竹。娥皇和女英的眼泪，洒在了九嶷山的竹子上，竹竿上便呈现出点点泪斑，有紫色的，有雪白的，还有血红血红的，又叫它"湘妃竹"。竹子上有的像印有指纹，传说是二妃在竹子抹眼泪印上的；有的竹子上鲜红鲜红的血斑，便是两位妃子眼中流出来的血泪染成的。

湘妃竹的故事，受感动的不仅仅是文人骚客，连历史上一些大人物，也为之动容。毛泽东就写有"斑竹一支千滴泪，红霞万朵百重衣"的诗句。湘妃竹象征了中国女性对爱情的坚贞，也有种明知不可为而为之的血性。那是以死报答知遇之恩的血性，也是一种对至死不渝追求目标的血性！

人人都渴望爱情的，然而现实生活中，却很难实现。人往往是自私的。爱情必须经过重重考验，否则也称不上"至死不渝"。在这考验的过程中，得放弃很多其他的东西，其他私欲。有多少人愿意为这爱情而舍弃其他？所以，"至死不渝"的代价太大了。但还会有"至死不渝"，它成为经典，为人传颂。

爱情中的柔情，正如美貌中的风度。柔情是爱情的风度。爱情的表露使人神魂颠倒。树叶绿了又绿，红豆熟了又熟。前世五百次的回眸才换来今生的擦肩而过。爱情是男人女人毕生演绎的一场戏。不同的在于：有的人一生沉迷不能自拔，有的人始终以旁观者的冷眼置身于角色之外。有的人一时用全身心去爱，而他时已放下誓言。很多人活着时，没能听到令人感动的声音。当他们永远地离开，爱他们的人却会在那青青的坟茔种上相思豆，里面是永恒的安静，外面是永恒的魂牵梦萦。心上人活在他的梦里、幻觉里、心里。

何当共剪西窗烛，却话巴山夜雨时
——白娘子断桥会许仙

夜雨寄北

李商隐

君问归期未有期，巴山夜雨涨秋池。

何当共剪西窗烛，却话巴山夜雨时。

这是李商隐的诗歌，用极其感伤的基调表现出爱情的执著不渝。以巴山夜雨，渲染急切的盼归心情，以共剪蜡烛的想象，突出对妻子的怀念。以朴素的语言、深挚的感情，写两地相思，真切感人。

相传，宋朝的绍兴，一个小牧童救了一条受伤的小白蛇。后来，小白蛇长大了，为了报恩，她苦苦修炼。也不知过了多少年，修炼成蛇仙了，幻化成人形，变成一个美丽的娘子，她惯穿白衣，所以被称为白娘子。她随身带了一位修行稍差点的侍女（其实也是蛇仙），穿一身青衣，名字叫小青。这时，她开始寻找多年前救她性命的小牧童。此时，那个小牧童已经长成一个行医的文质彬彬的书生了。

这年春天，白娘子和小青，来到杭州西湖一边游玩，一边寻找恩人。忽然天下起雨来，见到湖上有一条小船，就上船躲避风雨。船上人忙让她们上船，白娘子一见这位年轻人，便知他就是当年救自己的人，她心里非常高兴。交谈中，得知他叫许仙，而且尚未成亲。不久，经过小青的牵线做媒，白娘子和这位年轻人结为夫妻。婚后二人极为恩爱。

一天，白娘子让小青取来银子递给许仙，帮他张罗开一家药店。此时县官私挪库银，却诬陷白家偷盗库银转赠许仙，便判许仙入牢服役。为了躲避这场灾祸，他们三人离开了杭州，来到苏州城，开了一家叫做"保和堂"的药店。白娘子悬壶济世，口碑甚佳。当年，正值苏州瘟疫流行，许多人都病死了。白娘子见疫情严重，便对症下药，许多患病的人都被救活了。

附近金山寺有一名凶僧法海，他嫌金山寺香火不旺，便在镇江城里散布瘟疫，想叫人到寺里来烧香许愿。但保和堂施的"辟瘟丹"、"驱疫散"很灵验，瘟疫传不开。法海和尚气得要命，他就扮成化缘人，胸前挂个大木鱼，边走边敲，摇摇摆摆地找到了保和堂。他走到药店门口，朝里面张望，见许仙夫妻二个正忙着配方拿药，法海先是一肚子气。再一打听，知道保和堂的灵丹妙药都是白娘子开的方。他仔细看那穿着白衣衫的女人，心中大惊，原来这不是凡人，而是条蛇变的！法海和尚狠狠地咬咬牙，一声不响地坐在保和堂药店，只等打烊。他见白娘子已经上楼，就敲起木鱼，大模大样地走进店来，朝许仙合手施礼，说："施主，你店里的生意好兴隆呀，化个缘吧。"

许仙问他化的什么缘。法海说："施主呀，今天我从实告诉你：你娘子是个妖精啊！"

许仙一听生了气："我娘子好好的一个人，怎么会是妖精！你不要乱说。"

法海和尚假慈悲地笑笑，说道："这也难怪施主，你已被妖气迷住了。老僧看出你妻子本是千年白蛇变化成人，你日后必定被她所害。如果不信，你依我的一计：端午节那天，你劝她多喝几杯黄酒，等她喝醉了，便现出原形来了……"

许仙听到他的话真是半信半疑。端午节当天，许仙拿出黄酒，与娘子痛饮。白娘子喝了几杯之后，忽觉头痛，推辞不喝，许仙却还是不住地劝她。白娘子无奈，只得又喝了几杯，喝醉了以后便现了原形。许仙见了，惊吓得大叫一声，立刻昏死在地上。白娘子酒醒后，见许仙一连几天人事不省，便独自来到昆仑山。她打败了两位武艺高强的仙童，盗得一棵灵芝草，救了许仙的性命。

许仙得救后，小青骂许仙忘恩负义，欲拔剑杀他，幸亏被白娘子拦住了。白娘子便向他说明了实情，说是自己便是他当年所救的小蛇，今生是来报恩的。许仙深感惭愧，不该对妻子起疑心。他说："从此以后，我再也不信那妖僧的话了。就算你真的是蛇，我也永不变心，与你终生相爱。"他当即向妻子认了错，与她重新合好。此时，白娘子已怀有六甲。

法海不甘心白娘子继续留在许仙家过美满的生活。他再次用计，将许仙骗到金山寺，威逼其出家。为了救回许仙，白娘子和小青来到金山寺，向法海要人。法海和尚见了白娘子，就嘿嘿一阵冷笑，说道："大胆妖蛇，竟敢入世迷人，破我法术！如今许仙已拜我做师父了。要知道'苦海无边，回头是岸'。老僧慈悲为本，放你一条生路，乘早回去修炼正果。如若再不回头，那就休怪老僧无情了！"

白娘子按住心头之火，好声好气地央告："你做你的和尚，我开我的药店，井水不犯河水，你何苦硬要和我做对头呢？求你放我官人回家吧！"

法海和尚哪里听得进去，举起手里的青龙禅杖，朝白娘子兜头就敲。白娘子只得迎上去挡架，小青也来助战。

青龙禅杖敲一下像泰山压顶，白娘子有孕在身，渐渐支持不住，只败下阵来。

他们退到金山下，白娘子从头上拔下一股金钗，迎风一晃，变成一面小令旗，旗上绣着水纹波浪。小青接过令旗，举上头顶摇三摇。一霎时，滔天大水滚滚而来，虾兵蟹将成群结队，一齐涌上金山去。大水漫到金山寺门前，法海和尚着了慌，连忙脱下身上袈裟，往寺门外一遮，忽地一道金光闪过，袈裟变成一堵长堤，把滔天大水拦在外边。大水涨一尺，长堤就高一尺，大水涨一丈，长堤就高一丈，任凭你波浪怎样大，总是漫不过去。因白娘子怀着身孕，将要分娩，又加上打斗了半天，肚子忽然疼起来，忙叫小青暂时收兵。白娘子终于生下了一个又白又胖的男孩，但是她却无力再战，让小青把孩子带走了。

许仙被关在金山寺里，死活也不肯剃掉头发做和尚。关了半月，终于找着个机会，逃了出来。他回到保和堂药店，看着白娘子和小青都不在了，人去楼空，真叫人伤心呀！他又怕法海和尚再来寻他生事，不敢住在镇江，只得收拾起一点东西，就又回了杭州。

从此之后，白娘子被压在了雷峰塔下。法海和尚把金钵放在雷峰寺前，用石头砌成七极雷峰塔。留下一偈语："西湖水干，江湖不起；雷峰塔倒，白蛇出世。"时光荏苒，她的儿子许世林已长大成人。他聪敏过人，二十岁便考中了状元。经小青点拨，方知生母被压在塔下受苦。于是他借回乡机，拜塔请母，他的孝行感动了上天，于是派虾兵蟹将帮小青一起打败了法海。于是西湖水干，雷峰塔倒。

白娘子终于重见天日。

白娘子见法海和尚掉在西湖里，便从头上拔下一股金钗，迎风一晃，变成一面小小的令旗。小青接过令旗，举过头顶倒摇三摇，西湖里的水便一下干了。湖底朝了天，法海和尚东躲西藏，找不着一个稳当的地方。最后，他看见螃蟹的肚脐下有一丝缝隙，便一头钻了进去。螃蟹把肚脐一缩，法海和尚就被关在里面了。白娘子在云端里，和青儿站在一起，和当年一样，和善、美丽。

法海和尚被关在螃蟹肚子里，从此再也出不来啦。螃蟹是直着走路的，自从肚子里钻进了那横行霸道的法海和尚，就再也不能直行，只好横着爬了。直到今天，人们吃螃蟹的时候，揭开它的背壳，还能在里面找到个秃头和尚呢！

什么样的爱情最美？至死不渝？是执子之手？还是曾经过风风雨雨，最终走到一起的爱情？解读爱情，会发现爱情禁不起伤害。寒冷时不要雪上加霜。在寒冷的黑夜里，两根白色的蜡烛燃烧自己的同时，也给对方一个温暖影子。付出的越多，受的伤就越深。如果不爱了，那么就默默地离开。

经历爱情，路过爱情，享受爱情，终会发现，爱经不起等待，爱经不起伤害。请你一定要温柔地对待你爱上的那个人。不管相爱的时间是长还是短。如果你能始终温柔地待他，那么，所有的时刻都将是一种无瑕的美丽。当不得不分开时，要在心里存着感谢，感谢他给了你一份美丽的记忆，然后好好地说声再见。

爱需要包容，记得有这样的一句话，相爱的人，他们彼此的心是最温暖的。相爱的人千万不要擦肩而过，否则爱情只会从此成为一种传说。爱一个人，可以为他付出一切！包括生命！爱一个人，也被对方爱着，是甜蜜幸福的。世间最珍贵的是手中能把握的幸福。记忆深处留着曾感动自己的人，即是人生最大的幸福。

爱情，就是抛却了烦琐的世事，可以倾听那花开之声，那声音是没有什么可比的，它更美更动人。只是一瞬间，便是永恒了。它是无人可以抵挡的生生不息的诱惑。爱，是永远。每个人所体会和感悟的永恒不同。爱很美，却也有褪去的时候，它会像一场烟花，只留下瞬间的美丽。两个相爱的人在一起是一种快乐和幸福。因其不易所以才应该加倍珍惜，不要到失去的时候才想去珍惜。

家国兴亡自有时，吴人何苦怨西施
——情深缘浅的范蠡与西施

西 施

罗隐

家国兴亡自有时，吴人何苦怨西施。

西施若解倾吴国，越国亡来又是谁？

罗隐这首小诗的特异是反对"红颜祸水"的论调，闪出新的思想光辉。"家国兴亡自有时，吴人何苦怨西施。"诗人鲜明地提出自己的观点，反对将亡国的责任强加在西施之类的女子身上。"自有时"表示吴国灭亡自有其深刻的原因，而不应归咎于西施个人，促成家国兴亡成败的各种复杂因素，这是正确的看法。"西施若解倾吴国，越国亡来又是谁？"这两句运用了一个推论：如果说，西施是颠覆吴国的罪魁祸首，那么，越王并不宠幸女色，后来越国的灭亡又能怪罪于谁呢？尖锐的批驳由于事实本身具有坚强的逻辑力量，真是锋芒逼人。

"沉鱼落雁闭月羞花"是人们用来形容女子貌美的。其中"沉鱼"是指西施。西施原名夷光，是越国苎罗山施姓樵夫的女儿，因家住西村，所以叫西施。她是苎罗山下若耶溪畔的一个浣纱女子，得山水之灵气，长得红颜花貌，芙蓉之姿，真是惹人怜爱的绝色佳人。相传西施在河边浣纱时，清澈的河水映照她俊俏的身影，使她显得更加美丽非凡。这时，河里的鱼看见她的倒影，都忘记了游水，渐渐地沉到河底。从此，人们就用"沉鱼"来代指西施。她的美名也在附近流传起来。

公元前494年，吴国打败越国。越王勾践采纳大臣提出的"美人计"，选出越国美女献给吴王夫差，麻痹夫差的斗志。鉴于历次送往吴国的美女效果不佳，这次范蠡微服巡行各地，决心要寻觅到一位绝色美女，再通过有计划的

此情可待成追忆——传说中的爱恨情愁

训练，用温柔的绳索，绊住吴王并趁机离间吴国君臣，为越国灭吴创造有利的条件。这天，范蠡来到苎罗山下，听说若耶溪畔有一位浣纱美女。他信步走到江边，在浣纱江畔，与西施相逢了。范蠡看到西施果然令人目眩神迷，虽然生在穷乡僻壤，但却目如秋水，顾盼生姿。范蠡不但在越国从没有看到过这样艳丽的女子，就算在吴国宫中所见的莺莺燕燕，也没有一个可以与她媲美。他情不自禁地想："这种美人如果再加以琢磨，必然成为稀世的珍宝，一定可以赢得吴王夫差的欢心，说不定越国的前途就寄托在她的身上！"

范蠡上前施礼，表明了自己的身份，并向西施说明了来意。西施跪拜在地，想不到自己一个乡野弱女子，对国家前途竟是如此重要，于是慨然应允，愿意为国家做奉献。于是一项有计划的训练，在范蠡的策划与主持下迅速地展开，地点秘密。除了西施外，还有从全国各地挑选出来的美女十多人，训练的内容首先是忠君爱国的思想教育，然后是一般知识的传授，尤其着重在歌舞、仪态、礼节和蛊惑人心技巧上的磨炼，就连探听情报的知识和技术也成了必修的课程。范蠡打算在短期的训练中，使她们的气质发生较大的变化，培养出思想忠贞、气质高贵的人。就这样，西施在众多名师的调教下，很快便展露了过人的才情。三年下来，她已是能歌善舞、雍容华贵，举手投足间都表现出妩媚动人的风韵。经越王勾践过目认可以后，范蠡动身带着西施等一干美丽的"贡品"去了吴国。

在这种带着某种使命而活的岁月中，范蠡和西施已经双双坠入爱河。他们难舍难分。范蠡与西施由于国难而聚首，又为了国难而分开。范蠡虽贵为一国大夫，却要把自己心爱的人，亲手送到敌人的身边。命运无情地舍弃了他们的爱情，他心碎了，泪流不止。但是还要面对现实，何日能重续旧好，只有无尽的期待。人真是奇怪的动物，常常受客观环境的约束，做出一些违背意愿的事情。比如硬把自己心爱的人往别人怀里送，而且是敌人的怀里，还得装出心甘情愿的样子，那份凄苦与无奈的心情，几乎使范蠡快要崩溃了。然而复国在即，儿女私情显得那么渺小无力。

范蠡这次以国宾的身份前来，受到隆重的款待。离开吴国前夕，夫差特地设宴饯行，西施眨眼就以女主人的身份出现在范蠡席前。西施那脉脉含情的眼睛，使得范蠡几乎无法自持，但国仇家恨，使他收拾起儿女私情。

从此，西施的一颦一笑，一捧心一皱眉，都紧紧地扣住吴王的心弦。她矜持秀雅，也使得吴王神魂颠倒，她掌握了吴王夫差的整个"人"和"心"，并把他推向了亡国之路。

公元前473年，越国灭掉吴国，被围困的夫差走投无路，挥剑自刎。吴国灭亡后，越王勾践的夫人因十分担心西施的美貌将来会与她争宠，就放出话去声称要将西施处死。可怜的西施此时已是心如死灰，她惟一的寄托就是心爱的范蠡。

当时范蠡以超人的胆略和智谋，帮助越王勾践复兴了越国，复兴之后，越王勾践准备让他做越国的宰相。范蠡的老师对勾践的评价"越王为人长颈鸟喙，可与共患难，不可与共乐"，对他的影响很大。他再一分析，勾践已功成名就，自己应该离开他才是保全上策。于是他在姑苏台下花荫深处找到了委顿不堪的旧日情人西施，对她说："我们走吧，我带你远走高飞！"西施如沐春风，欣然答应。

离开越王之前，范蠡跟他的好友文种说出了自己的想法，他说道："飞鸟尽，良弓藏；狡兔死，走狗烹。"言外之意，是在劝文种也离开，以免惹来杀身之祸。文种何其聪明，他也深知勾践的为人，深知自己的不利处境。他为好友的爱情壮举所感动，并且为了多年的交情，他决定帮助范蠡和西施私奔。为了不被勾践怀疑，他谢绝了范蠡的劝告，毅然选择了留下，并成功地帮助范蠡西施逃离越国……

范蠡携西施仓皇逃到太湖，泛舟湖上，驾一叶扁舟，消失在烟波浩渺之中。做个平头百姓，隐于世间了！正当范蠡西施泛舟太湖度蜜月的时候，听到了文种帮助他逃跑的事情败露，被越王丢到了江里。好友为了自己而死，并且死无全尸，范蠡悲痛欲绝。从此隐姓埋名，不问世事，与西施过上了隐居的生活。范蠡改名换姓，带着西施住在陶这个地方，做起了生意。他经商，倾其所学，赚了不少钱，很久以后，成了一方富豪，有万贯家财，所以大家称他为陶朱公。他做生意智慧超群，很快就发了财，之后，他把钱财全部布施出去。散财之后，再从小生意做起，过了几年又发了，发了财马上就散财，他三次散财，在历史上记载有名的就是这"三聚三散"。他五次置千金之产，度过了快乐平安的一生，这是何等的智慧。

范蠡为了心爱的人，不惜抛却荣华富贵，邀游五湖，过着惟江上的清风与天上的明月所见的逍遥生活。不再为人世间的恩怨是非所累。他美艳如花的妻子一直陪伴其左右。后来也有人说西湖是西施的化身。时间能冲淡一切，随着岁月的流逝，也没人再去追根究底了。

爱情有时也许来得不经意。风雨过后，剩下了疲惫的身躯。是不是只有失去某种重要的东西，才会得到另一种。爱情也许在外人看来并不完美，但它是属于自己的真实。它能够在寂寞的黑夜温暖人的心灵。在一起的日子是极其幸福的。相见的日子是无比温馨的。为某事争吵也显得甜蜜。为爱情打拼能让彼此过上真正幸福的生活。也能让彼此享受爱情，享受生活。爱情会慢慢地成长，最终能够延续生命。

当爱情来临时，于春时，漫步于盛开的百花丛中；于夏日，携手于欢乐的小河畔；于秋日，徜徉在火红的枫叶中；于冬季，围坐在炽热的火炉旁。即使有天，掩埋于一抔黄土，那黄土上生长的青草也是翠绿的，开出的黄花是清香的；即使有天，会化作一眼清泉，那清泉中游荡的鱼儿也会欢快地跳舞。爱会让一个人改变很多。天空是蓝的，一切那么美好，幻想也是美好的！那里有双白色的翅膀自由地飞翔！

十里平湖霜满天，寸寸青丝愁华年。对月形单望相护，只羡鸳鸯不羡仙。

苏作兴感昭恨神，辜罪天离间旧新
——才情过人窦滔妇

璇　玑　图

琴清流楚激弦商秦曲发声悲摧藏音和咏思惟空堂心忧增慕怀惨伤仁

芳廊东步阶西游王姿淑窈窕伯邵南周风兴自后妃荒经离所怀叹嗟智

兰休桃林阴翳桑怀归思广河女卫郑楚樊厉节中闱淫遏旷路伤中情怀

凋翔飞燕巢双鸠土逶逐路遐志咏歌长叹不能奋飞妄清帏房君无家德

茂流泉清水激扬眷顾其人硕兴齐商双发歌我衮衣想华饰容朗镜明圣

熙长君思悲好仇旧蕤葳桀翠荣曜流华观冶容为谁感英曜珠光纷葩虞

阳愁叹发容摧伤乡悲情我感伤情征宫羽同声相追所多思感谁为荣唐

春方殊离仁君荣身苦惟艰生患多殷忧缠情将如何钦苍穹誓终笃志贞

墙禽心滨均深身加怀忧是婴藻文繁虎龙宁自感思岑形荧城荣明庭妙

面伯改汉物日我兼思何漫漫荣曜华雕旌孜孜伤情幽未犹倾苟难闱显

殊在者之品润乎愁苦艰是丁丽壮观饰容侧君在时岩在炎在不受乱华

意诚感步育浸集悴我生何冤充颜曜绣衣梦想劳形峻慎盛戒义消作重

感故昵飘施愈殃少章时桑诗端无终始诗仁颜贞寒嵯深兴后姬源人荣

故遗亲飘生思愈精徽盛医风比平始璇情贤丧物岁峨虑渐孽班祸谗章

新旧闻离天罪辜神恨昭盛兴作苏心玑明别改知识深微至嫛女因奸臣

霜废远微地积何退微业孟鹿丽氏诗图显行华终凋渊察大赵婕所佞贤

水故离隔德怨因幽元倾宣鸣辞理兴义怨士容始松重远伐氏好恃凶惟

齐君殊乔贵其备旷悼思伤怀日往感年衰念是旧愈涯祸用飞辞恣害圣

洁子我木平根当远叹水感悲思忧远劳情谁为独居经在昭燕辇极我配

志惟同谁均难苦离戚戚情哀慕岁殊叹时贱女怀欢网防青实汉骄忠英

清新衾阴匀寻辛风知我者谁世异浮寄倾鄙贱何如罗萌青生成盈贞皇

纯贞志一专所当麟沙流颓逝异浮沉华英翳曜潜阳林西

昭景薄榆桑伦

望微精感通明神龙驰若然倐逝惟时年殊白日西移光滋愚谗漫顽凶匹

谁云浮寄身轻飞昭亏不盈无倐必盛有衰无日不陂流蒙谦退休孝慈离

思辉光饬桀殊文德离忠体一达心意志殊愤激何施电疑危远家和雍飘

想群离散妾孤遗怀仪容仰俯荣华丽饰身将无谁为逝容节敦贞淑思浮

怀悲哀声殊乖分圣赀何情忧感惟哀志节上通神祇推持所贞记自恭江

所春伤应翔雁归皇辞成者作体下遗蔚菲采者无差生从是敬孝为基湘

亲刚柔有女为贱人房幽处己悯微身长路悲旷感生民梁山殊塞隔河津

简 析

回文诗是一种按一定法则将字词排列成文，回环往复都能诵读的诗。这种诗的形式变化无穷，非常活泼。能上下颠倒读，能顺读倒读，能斜读，能交互读。只要循着规律读，都能读成优美的诗篇。

以下是从"璇玑图"中整理出来的诗句，由此可见苏蕙才情：

苏作兴感昭恨神，辜罪天离间旧新。

霜冰斋洁志清纯，望谁思想怀所亲！

表达了一位被"新人"取代的"旧妇"的幽怨和不平。她对远方的夫君却依然怀着"霜冰"一般纯洁的真情。

苏蕙，字若兰，家境富裕殷实。她肤色细腻，举止娴雅，明眸皓齿，完全像一个秀美的江南女子。她从小天资聪慧，三岁学写字，五岁学写诗，七岁学作画，九岁学刺绣，十二岁学习织锦。苏蕙一心沉醉于诗词歌赋之中，她把自己的喜怒哀乐全部寄托在诗文之中。她的诗文词句清雅，情感浓郁，表达方式往往玄秘莫测。当时的青年人都喜欢舞刀弄枪，因此，她从没有遇上一个能与她谈诗论文的知音。这样一来，苏蕙形成了一种自怨自艾，孤芳自赏的心态。她好像一株空谷中的幽兰。及笄之年，苏蕙已是姿容美艳的书香闺秀，提亲的人络绎不绝，但被提及的，都是一些平庸碌碌无为之辈，苏蕙看都看不上他们。

南周秦坡有一少年，姓窦名滔字连波，自幼立志向学，经常在阿育王寺院内习文练武，弱冠之年还没有择亲。苏蕙十六岁那年，跟随父亲游览阿育王寺，在寺西池塘边上，她看到有一位英俊的少年人，搭弓射箭，飞鸟应声落地；俯身向水中射去，水面随即飘出带箭的鱼，可说得上是箭无虚发。他的宝剑一出鞘，寒光闪亮，压在几卷经书上面。苏蕙看到后，顿时生出爱慕之情。在互相攀谈中知道，这位少年叫窦滔。难得女儿看上了一个年轻人，于是在父母作主的情况下，苏蕙与窦滔结为夫妻。

苏蕙知识广博，仪容秀丽，谦默自守，不求显耀，深得丈夫窦滔敬重。有一年，窦滔有了施展才能的机会。他入仕前秦，政绩显著，屡建战功，升任秦州刺使。后来被奸臣谗言陷害，被判罪流放在流沙（今新疆白龙滩沙漠一带）。临走之前，他和妻子苏蕙在阿育王寺北城门外，海誓山盟，挥泪告别。苏蕙表示自己对窦滔的爱忠贞不渝，等他回来团圆，海枯石烂不变心，誓死不改嫁。窦滔很感动。没想到，窦滔这一去，却在流沙遇到了歌妓赵阳台。赵阳台不但能歌善舞，而且娇媚可人，引得窦滔对她宠爱不已。从此，窦滔对远在家乡的妻子也就渐渐淡忘了。

苏蕙独自守在空闺中，日子久了，便感到寂寞难耐。丈夫不在身边，思念之情真是刻骨铭心！后来，苏蕙得知窦滔到流沙后另寻新妇，由思念转化为郁愤。她夜以继日地用吟诗作文来排遣孤寂的时光。一天，她心不在焉地玩着一只精巧的小茶壶，壶身上绕着圈刻了一圈字——"可以清也"，她玩着玩着忽然发现这五个字不论从哪个字开始读，都可以成一句很有趣的话。于是灵感顿至，她设想可以利用这种巧妙的文字现象，来构成一些奇特的诗。

这时，她正有满腔的幽思和深情想抒发，现在又找到了这种奇巧的表达方法，于是废寝忘食地进行构思。构思好以后，她又花了几个月的工夫，把这首诗织在锦缎上。这幅锦缎长宽都是八寸，上面织有八百四十一个字，分成二十九行，每行也恰好是二十九字，每个字纵横对齐；这些文字五彩相间，纵横反复都成章句，里面藏着无数首各种体裁的诗，诗意多为倾诉她对丈夫的思念之情。苏蕙称这幅锦缎为"璇玑图"。璇玑，原意是指天上的北斗星，它取名璇玑是因这幅图上的文字，排列得像天上的星辰一样玄妙有致。了解的人可以识别出来，不了解情况的人看到它会不知所云。当然，她也是在暗示自己对丈夫的恋情，像天上的星星一样深邃而不变。

"璇玑图"织好后，苏蕙派人送往流沙交给窦滔。旁边的人见了这图，都不知其中有什么含意，可是窦滔捧着"璇玑图"，细细体味，却完全读懂了妻子的一片深情。这也许就是心有灵犀一点通吧！旁人询问为什么他能够看得懂，窦滔意味深长地说："这是我家的语言，不是我家的人，所以外人不能理解。"窦滔读后十分惭愧，深感对不起爱妻若兰。于是幡然醒悟，当即把赵阳台安排走了。窦滔派遣了一批人马，用隆重的礼仪，把妻子苏蕙接来。从此以后，夫妻花前月下，闺房灯前，关系重新合好，更加恩爱。窦滔也开始跟着苏蕙学习诗词。两人常常一同流连于诗词的海洋中。

苏蕙的"璇玑图"轰动了那个混乱的时代，大家争相传抄，解析诗体，然而能懂的人寥若晨星。"璇玑图"流传到后世，又不知令多少文人雅士伤透了脑筋，纷纷效仿。

爱一个人！要互相了解，感动时要道谢，有矛盾要道歉，要认错、改错，还要体谅、体贴。彼此接受，而不是相互忍受。多一些宽容，少一点纵容。相互支持，倾诉心曲。彼此交流，不要指使。为对方默默祈求，不要提太多要求。在生活中加点浪漫，可别太浪费。多多牵手，不能随便就说分手。当爱情面临冲突、阻碍和波折的时候，不要慌乱，不要彷徨，更不能选择放弃，做爱情的逃兵。要看清对方是不是值得爱的人。如果是，就请牢牢地握住彼此的手，勇敢面对困难和挫折。

爱的感觉，总是在开始时觉得甜蜜，总觉得多一个人陪、多一个人帮你分担，你终于不再孤单了，至少有一个人想着你、恋着你，不论做什么事情，只要能在一起就好。但是随着彼此的认识加深，开始发现了对方的缺点，于是问题一个接着一个。开始烦、累，甚至想要逃避。有人说爱情就像在捡石头，总想捡到一个适合自己的，但是如何知道什么时候能够捡到呢？不如说，爱情像磨石子一样。刚捡到时，你也许不是很满意。但要相信人是有弹性的，很多事情是可以改变的。只要有勇气，就不必浪费时间到处去捡尚未可知的石头，去用心把已经拥有的石头磨亮、磨光吧。

十年生死两茫茫。不思量，自难忘
——苏轼与王弗的结发之情

江城子

苏轼

十年生死两茫茫。不思量，自难忘。

千里孤坟，无处话凄凉。

纵使相逢应不识，尘满面，鬓如霜。

夜来幽梦忽还乡。小轩窗，正梳妆。

相顾无言，惟有泪千行。

料得年年肠断处，明月夜，短松冈。

简　析

苏轼妻子王弗亡故后葬于其家乡的祖茔。这首词是苏轼在其亡故十年以后在梦中见她所作的。生者与死者虽然幽冥永隔，感情的纽带却解不开，始终存在。"不思量，自难忘"这句，发自作者肺腑，看起来虽然很平常，然而感情非常真挚。"不思量"看似无情，"自难忘"不曾有一天忘怀。这种感情是深深埋在心底的，怎么也不能消除。写出了不同人生阶段的情感。前者是青年时代的感情，热烈浪漫，然而容易消退。后者是中年以后共同担受着忧患的夫妻之情，日常生活平淡无奇，然而淡而愈久，久而愈深。作者梦中的妻子"小轩窗，正梳妆"，这种少妇形象很美，描写出当年的闺房之欢。作者因为官海浮沉，奔走南北，"尘满面，鬓如霜"，十分苍老。王弗见了苏轼，也是"相顾无言，惟有泪千行"，似乎在倾诉生离死别后的无限哀痛。生活的磨难，同样潜在于梦境之中，起着深刻的影响。末尾设想亡妻长眠于地下的孤单与凄凉，事实上两心相连，生者对死者的思念更是从未停止。

苏东坡十九岁时，是青神县中岩书院的学生，文采极佳。王弗是苏轼老师王方的女儿，当时十六岁，她年轻貌美。在父母的主持之下，二人结为夫妻。苏轼是一个卓尔不群的乐天派，一个月夜徘徊者。他非常渴望这段婚姻也同时会有爱情相伴而降临。王弗也渴望爱情，她是知书达理的闺中女子，当然很清楚她的责任是相夫教子，而并不是风花雪月的浪漫。她祈盼从此能够好好地做苏家的女人，平平安安地做一个好妻子。她侍奉老人很是恭敬谨慎，对苏轼更是温柔贤惠，夫妻恩爱情深。

在王弗的眼里，苏轼是一匹多情的野马，很需要她的驯服与教导。苏轼无拘无束的性格，使他很喜欢呆在岷江边的王方家中。那里的古庙，清溪，是他所热衷的。王弗常常炒瓜子，炸蚕豆给苏轼吃，与苏轼坐在茅屋边聊天，还相伴去不远的瑞草桥畔野炊。王弗安排的都是苏轼喜欢的生活方式，这给了新婚的苏轼一种温柔的浪漫，苏轼大口喝着美酒，品尝着人生。王弗则希望他认认真真地读书，如果这样，她很情愿做他的厨师和玩伴。这就是苏轼所拥有的浪漫。

王弗同时还在扮演着红袖添香的角色，她极受家庭文化的熏陶。苏轼把王弗给予他的爱情的浪漫尽情品尝。他跃跃欲试地把妻子当成一本书来读，那该是多么美好的新婚燕尔啊。王弗常常不睡觉，陪着苏轼一夜一夜地苦熬读书。苏轼喜欢读书，王弗就苦苦相伴。有一次，苏轼因为一时疏忽而发生错漏，王弗便笑着指了出来。苏轼非常惊异地问：你竟然如此知书？其实，王弗的知识面是比不上苏轼的，她想插上嘴发表什么看法，是很难的事情。但是她做得很专心，比苏轼要专心几百倍，才能找出苏轼这个千载不遇的错误。苏轼在惊诧之余，心里异常地感动，感动于妻子为了自己的前途而用心苦读。苏轼是幸运的，在这样一个贤内助的督促协助之下，他考得了一个进士。夫妻都很高兴。

苏轼很快担任凤翔府签判，王弗随同丈夫一同前往。这时他们已经有了苏迈，就是后来陪苏轼游石钟山的那一个。苏轼自由的个性使得他做官的感觉真是很不好，他开始广交朋友，可以说他是为朋友而活的人。朋友们经常往来于他的家中。苏轼甚至相信天下并没有什么真正的坏人，来人皆热情款待。大家天南海北，聊得异常投机，也会辩论得面红耳赤。那时候，王弗因不便于露面，时常会躲在帘子后面倾听他们的交流，从而增长了自己的见闻，与丈夫同步。有一天，一个叫章敦的来了，说了许多令苏轼很高兴的话。他一走，王弗就从帘子后面走出来，对苏轼说："今天来的这个人不太可靠，他的热情似乎有点过分了，官人一定要当心他啊，恐怕以后他将对你有所不利。"真应了王弗的话。后来，章敦果然非常卖力地迫害苏轼。心胸开阔的苏轼也不得不恨他恨得要死，后悔没有听妻子的话。他甚至做鬼也不愿跟那个章敦碰面。王弗就是这样促使苏轼成熟成长起来，此时，苏轼已经开始显露大文豪的风范了。真可惜。恩爱夫妻难以到头，王弗只活到二十七岁，她的年轻生命便凋谢了。王弗去世了，给苏轼留下了一个6岁的儿子，突然残破的家庭让苏轼大大地伤心。苏轼失去了这样一位爱侣，精神上所受到的打击以及心中的沉痛都是无以言表的。

苏轼的父亲苏洵对这个儿媳妇非常满意，他对苏轼说："你太太跟了你这么多年，却无法享受到你的成就。你该把她葬在她婆婆的身边。"第二年，苏洵也死了。苏轼将父亲及妻子辗转运回故乡安葬。并在那些坟墓周围的山坡上种植了青松，同时也是种下了他的一丝牵挂。从此以后的 10 年间，苏轼的心中一直装着这片坟地以及坟地上的那棵棵青松。的确，王弗也是需要这种牵挂的，她除了凄凉还是凄凉。苏轼多次在梦里遇见王弗，醒来心情都非常悲伤。王弗曾给予他实实在在的生活，死后自然带给他刻骨铭心的思念。这种思念之情，使苏轼重又找回了婚前的那种浪漫心态。不过苏轼每次梦中都不知该对妻子说些什么，他心也乱，头也乱，不能胡说，不能不说，不知该如何表达离情别意。那一年的正月二十日晚上，苏轼再次来到密州，他又一次梦见爱妻王弗，这一次，他终于想清楚了要说的话，他写下了万古流传的这首凄美的悼亡词《江城子·记梦》。

这是一首传诵千古的悼亡词，在这里人们看不出作者提起的任何生活往事。苏轼惟一的心思就是要王弗只是坐在小轩窗前面，亲自为她梳妆。就是这样一个简简单单的心愿，却是那个时代不能给予的奢望。没有人会料想，名满天下的苏大学士 10 年来的所思所想仅在于此。苏轼还是那个追求浪漫爱情的人，他希望在妻子生前能够给予她多一些浪漫与温情，该是多么美好。他就这样一意孤行地情意缠绵着，他异常勇敢地当着全天下人之面说出这些可能使人脸红的情话。苏轼流泪了，源于对妻子的爱，对妻子的怀念。他的泪让后来的世界多了一份温情与纯真。一抔黄土掩埋了王弗这一位平凡女子，她不为苏轼而生，却为苏轼而死，她完全属于苏轼。她的美丽第一次具有了飞越时空的意义，这一美丽去掉了她生前的平庸与琐屑，是一个女人对自己所爱之人纯粹的爱情承诺。

经年以后，苏轼与世长辞，而他的梳妆残梦永远地留在了王弗墓地的皓皓月光下、滚滚松涛中。

谁说爱的尽头是淡漠？爱的消失，爱人的离开，很多必然会发生的事都无力阻止。伤痛来的突然，有一种万劫不复的激烈。控制不住的颤抖，声音卡在喉咙里，好像从嘴里经过就变成了泡沫，消散于空气中。

这样的梦境好久不碰。醒来之后，心跳依然很快，听见自己的哀嚎，一地破碎。有时站在窗边，空洞的呆一整晚。思绪混乱，无法集中。看见纯白的十字架，滴着血，唯美而凄厉的画面。风中的吟唱，安详而沉静，仿佛入眠，就可以一辈子。

人生，太长，太远。路，很艰辛，很坎坷。关于爱，满目凄凉，却心存温暖。面对亲爱之人的随风而逝，那种悲伤像一条蜿蜒的河，一段澎湃、一段平缓，却一直绵绵长长，那是一种温柔的坚定。

人生，就是一场等待。甜蜜或是苦涩，幸福或是哀伤，最后都将殊途同归。爱有时只是一个人的事情。为什么她会这样地离开？为什么相爱不能到一起死去？深夜里思念的人儿都喜欢清醒地在别人沉睡之时念一些故人，一些旧事，恣意而放松。

亲爱的人，温柔而坚定地静静留在自己的心底，只要一想起，就有一种思念的痛彻心扉。是的，思念会止不住。只要相爱过的，就永远不会忘记。这段感情，一回头，一转身，日里夜里都可以看见的。然而，近在咫尺，却恍若隔世。心的下沉是对你刻骨的思念。他乡的你，可曾感悟吗？安静的坐在午夜里，无声无息的寂寞，一点一点渗入骨髓。真想穿透恐怖的黑暗，望见你的明亮。

就算不为人所理解，只是倔强而固执地用自己的方式去感受，去爱。努力的挣扎着，闭眼，醒来，一个又一个清晨，一个又一个夜晚，把全部的思念灌进玻璃瓶，扔进大海，从此天涯海角，随波漂流，看遍世间风景，云淡风轻，细水长流。

最美的诗词故事大全集

并刀如水，吴盐胜雪，纤指破新橙
——红妆季布李师师

少年游

周邦彦

并刀如水，吴盐胜雪，纤指破新橙。

锦帏初温，兽香不断，相对坐调筝。

低声问：向谁行宿？

城上已三更，马滑霜浓，不如休去，直是少人行。

简 析

这是周邦彦所作的词。一日周邦彦正在名妓李师师处，听到皇帝宋徽宗到来，慌忙躲到床下。徽宗坐下以后，拿出大臣从岭南进贡的新鲜橙子，和李师师一起品尝、谈笑。躲在床底的周邦彦听后，作了《少年游》一词。

词中描写了这对情人的生活片断。宋徽宗去探访名妓李师师时，带着一篮新橙。师师从帷幕后伸手出来剥橙子皮，纤纤玉手握住新橙，真是美不胜收。作者当时躲避在床下，听到他们的对答，简单而含蓄，蕴涵深意。宋徽宗问："这么晚了，我睡哪啊？"李师师说："天也冷，就在这儿吧，反正也没什么人看见。"

上阕着重写闺中之景，暖玉温馨，风流旖旎，把人的美感与心理反映，表现得流畅简洁。"并刀如水"，正如以一"雪"字形容盐一样，也得以一"水"字形容刀。在灯光映照下，刀光正像水一样！并刀用以破橙，吴盐用以中和橙之酸味，作者通过这三件典型事物，便将人物关系与所处环境形象地概括出来。下阕记人物语言，言中见景。几句低声问话，娓娓道来，温柔体贴，缠绵委婉。"马滑霜浓"，是说室外极其凄苦，与前面所写的室内温馨相映衬，在叙景之中含情脉脉。词至"不如休去"，忽又补了一句"直是少人行"。婉转伤悲，风情如酒，章法奇幻。前面的"马滑霜浓"，指出路滑难走，与此处的"直是少人行"，呼应，说的是夜深可怕，这两层突出强调"不如休去"。表现了女子对恋人的关切、殷勤挽留之意。

李师师原本是汴京城内经营染房的王寅的女儿，母亲在生她时去世。在她三岁时，父亲依当时的风俗，带她到寺庙里去"记名",以求得如来佛主的庇佑。当寺院老僧抚摩她头顶的时候,她突然大哭起来。老僧人认为她与佛门有缘,很像佛门弟子。因为当时称佛门弟子为"师",所以她就被叫做师师。过了一年,父亲因罪死在狱中。师师由邻居抚养长大,渐渐出落得花容月貌,皮肤白皙,后被经营妓院为业的李姥收养,改姓为李师师。李姥教她琴棋书画、歌舞侍人。一时间,李师师成为汴京名妓,是文人雅士、公子王孙竞相争夺的对象。后来,连宋徽宗也在宠臣的怂恿之下,闻其名也想一亲芳泽。

当宋徽宗一见到李师师时,他便觉得这些年真的是白活了。李师师的美貌,不卑不亢、温婉灵秀的气质,令宋徽宗如在梦中遇到仙子一般。李师师初见徽宗,红光满脸,一望便知出身于豪富之家。因此,她断定这位是得罪不起的达官显贵,于是,她对这位陌生的客人殷勤侍奉,毕恭毕敬。

宋徽宗自从见李师师一面之后,他对后宫佳丽表现出一副视而不见的样子。他隔三差五就以体察民情为借口,出宫去拜访李师师。李师师渐渐地知道了他的真实身份。一经知道他是万岁爷,她哪儿敢不百般奉承,殷勤接待!这样一来,李师师和往日就不能相比了,她的身份虽然还是名妓,但暗里却是"名花有主"。有宋徽宗的圣驾亲临,多少有权势的王公贵族都只能望"师"兴叹。

大才子周邦彦和李师师结识是比较早的。周邦彦当时已是年过六十之人,他对花样年华的李师师无限倾慕,又引为知音;而师师却只钦佩他的旷世才华,喜爱他的文采。

两人有一种情感上的慰藉和艺术上的共鸣。当周邦彦得知天子微服私访师师后，不敢再常去师师处，只能寻找合适的机会，再与她见面。

有一天黄昏，周邦彦趁着宋徽宗生病的空儿来看望李师师。他正流连在师师的楼阁上，吹着一管洞箫，让她试唱一首自己刚写成的小令。忽然楼下传来侍女的一声声唱喏，似乎是在向什么贵人行礼的模样。李师师非常警觉，连忙向楼栏外探头向下望去，见有一太监在前面提着灯笼，后面几个身影快步走过来。师师心下微感惊慌，忘记了唱歌，对周邦彦说："周先生，大概是皇上的车驾要来了，你暂时回避一下好吗？"周邦彦一听，自己的卑微官职怎好见徽宗，更何况是在这种场合下。他连声说道："回避一下好，回避一下好。"话不曾说完，他早就把洞箫收起来，慌忙中也不知该藏身何处。李师师略一沉吟，带点难为情地笑道："先生，您屈驾暂时躲到床底一会吧，我自然会设法让你出去的。"

她的话音未落，房门外便响起宋徽宗呼唤"师师"的声音。两人一惊，周邦彦连忙爬进床下躲起来。师师走到门口，把徽宗让进卧室里。她嫣然一笑，表示欢迎。这时，宋徽宗回身从一个随从手上，接过一个朱漆的盘子，亲自捧到师师的面前，笑嘻嘻地对她说："这是岭南新近送来的贡品，我特地捡些来给你尝尝，不知你喜不喜欢吃这种东西呢？"师师笑着接过盘子，脸上露出一派欢天喜地的神情。她把盘盖打开，只见里面盛着十几个又圆又大的橙子，皮色润黄，使人一望便知是精选过的上品。她连忙屈膝谢

此情可待成追忆——传说中的爱恨情愁

恩，徽宗却一手把她搀扶起来，口里说："你我何必客气？岭南的水果，多着哪，只要你爱吃，以后我可以经常拿来送给你，还用得着道谢吗？"师师一笑连称不敢。便将宋徽宗招呼到太师椅上坐下来，然后从抽屉里拿出一柄明晃晃的并州快刀，亲自剖开一颗橙子，撕净外皮，把它一瓣一瓣的掰开。徽宗看着她纤指轻盈，低眉浅笑，好像对这种水果格外地喜爱，心下大大高兴。他正在注视着，师师已经把一瓣瓣的橙子，蘸了盐水，送进他的口里。这一动作，让他有一种飘飘然的感觉。于是，他也从盘上拿过几瓣来，放进了师师的口中，两人品尝着无限的甘甜。细嚼起来，在橙子的鲜味之外加上一些柔情蜜意，的确别有风致。徽宗满心高兴，从袖中拿出自己所填的一首新词，叫师师摘下墙上的玉笙，为他弹唱一遍。徽宗的文词，与周邦彦的清丽才华相比，自然相形见绌。

李师师看见此时的形势，揣测着徽宗已没有了离去的意思，就顺势挽留道："现在已经三更了，天冷路滑，您龙体要紧。不如不回宫里去了吧？"宋徽宗此时身体没有全好，不敢留宿，他谢过李师师，急忙走了。见徽宗走了，李师师赶紧跑到床前，拉开垂在床边的锦幛，把周邦彦放了出来。这时周邦彦已经闷在床下大半天了，差点憋过气去。他好不容易爬出来，抖抖身上的灰尘，叹一口气道："今晚我可真是辛苦极了。幸亏，见到了一幕人间的美景，我早已谱好一首新词，名字就叫《少年游》。等我明天写出来后，再来教你弹唱吧！"李师师连连点头，匆忙地把周邦彦送了出去。却怎么也想不到，这首《少年游》又给她招来了新的烦恼。

有一天，天气晴朗，李师师闷倚楼栏边，独自低唱着几首格调忧郁的新词，排遣胸中的哀怨。忽然，有个人在她身后拍了她左肩一下，她回过脸去看时，原来是宋徽宗。他不知什么时候到来的。宋徽宗问李师师刚刚唱的是谁做的词，李师师刚一受惊吓，便不假思索地随口说出"周邦彦"，话一出口她便有些后悔了。宋徽宗因听完了她所唱的内容，顿时想到那天周邦彦一定在屋内。他脸色一下子变了。过了几天，徽宗便找借口把周邦彦贬出汴京。李师师听说后，为周邦彦送行。回去之后，将周邦彦所谱的一首《兰陵王》唱给宋徽宗听。周邦彦的这首词，并没有因皇帝对自己的惩罚而不满，而是道出自己对京都的留恋之情。宋徽宗听了之后，便觉得对周邦彦的处罚太严厉了。他一方面动了怜才之念，另一方面又深知李师师把周邦彦当成朋友，并不愿意他离开。想好之后，宋徽宗又赦免周邦彦无罪，随即将周邦彦召了回来。后来，周邦彦还因祸得福被徽宗封了个官，并且允许他去李师师处，为她填词谱曲。

宋徽宗贵为天子，出行是极为不便的，更何况去青楼之所。但是他对李师师的无限爱慕无法自控，于是，他便干脆接李师师入宫。口头上封为她"明妃"，宠爱备至。随着宋朝江山已处于风雨飘摇之中，北方的金国国力如日中天。在这种形势之上，宋徽宗被迫禅位给儿子宋钦宗，自称为太上皇。禅位之后，他退居太乙宫，也不再临幸李师师。

当时金人开始南下，河北告急，李师师便把宋徽宗赐给她的全部金银财宝呈给开封府，作为前线将士的军饷，又请示太上皇，恩准她出家为女冠。宋徽宗答应了，并安排她到北郭慈云观住下。不久，金人攻破汴京城，金人携二帝、嫔妃、宗室、大臣三千余人北还。金国皇帝听说了李师师的名字，下令官兵一定要活捉李师师。可官兵费尽全力，搜遍全城，找了好几天，也没见到李师师的影子。后来，叛臣张邦昌暗中出卖李师师踪迹，准备献给金人，气得李师师大骂张邦昌，说道："我身为卑贱的娼妓，蒙皇上错爱，已是三生有幸，一死足矣。你们这般人等，享受着朝廷的高官厚禄，朝廷在什么地方亏待过你们？为什么要叛国投敌，灭绝大宋呢？你们倒是想得到新主子的垂青，我怎能去充当你们进身的礼物呢？"说完她便拔下头簪，刺喉自杀，未成，后又将金簪折断，吞食致死。当宋徽宗惊闻李师师的死状，不禁涕泪横流。

爱情是在同一条河流上行驶着的两条小船。历朝历代，为了爱，女子一向是勇者无畏。女子往往比男人更坦白。爱情不是谁指导谁，也不是谁掌控谁。也许对方会为你许下承诺，承诺使关系更美好。但你千万不要依附于这种承诺，因为没有人能预料生命的无常。相爱、相随、长相守。爱情是要求相爱的人用宽容的心去接纳对方，无论长处短处，优点缺点，患难时，快乐时，在看似平淡的流年间共同守候一份爱的诺言，生死与共。

人生深重的痛苦来自于精神、感情与心，那种不顾一切的努力换来的爱恨、悲欢，即使能火化成灰，也会留下阴冷的痕迹。当爱已不在，生命也就失去原有的意义，于是，想到放弃，从此后永远安宁寂灭，了无牵挂。女人会为爱而死，这的确是一件很傻很蠢的事。当女人身陷多种矛盾的困惑之中，理智与爱情相互纠缠，就会冲动得义无反顾。

生活中，男人会经常对女人说："有事发生的时候，你就会知道我对你好。"是不是男人不管多么地爱一个女人。如果她一辈子都很平安，他就永远没有机会表达。为什么一定要等到有事发生呢？如果真的等到有事情发生，是否已经太迟了？是不是会留下些许遗憾？男人平时就要对女人好点，让她感觉到自己被爱，让她感觉到幸福。不要说将来，将来是遥不可及的事情。男人平时就该对女人好，当一旦有事发生时，要更好。

恸哭六军俱缟素，冲关一怒为红颜
——倾国名姬陈圆圆

圆圆曲

吴梅村

鼎湖当日弃人间，破敌收京下玉关，
恸哭六军俱缟素，冲冠一怒为红颜。
红颜流落非吾恋，逆贼天亡自荒宴。
电扫黄巾定黑山，哭罢君亲再相见。

相见初经田窦家，侯门歌舞出如花。
许将戚里箜篌伎，等取将军油壁车。
家本姑苏浣花里，圆圆小字娇罗绮。
梦向夫差苑里游，宫娥拥入君王起。
前身合是采莲人，门前一片横塘水。
横塘双桨去如飞，何处豪家强载归？
此际岂知非薄命，此时唯有泪沾衣。
薰天意气连宫掖，明眸皓齿无人惜。
夺归永巷闭良家，教就新声倾坐客。
坐客飞觞红日暮，一曲哀弦向谁诉？
白晰通侯最少年，拣取花枝屡回顾。
早携娇鸟出樊笼，待得银河几时渡？
恨杀军书抵死催，苦留后约将人误。
相约恩深相见难，一朝蚁贼满长安。
可怜思妇楼头柳，认作天边粉絮看。
遍索绿珠围内第，强呼绛树出雕阑。
若非壮士全师胜，争得蛾眉匹马还？
蛾眉马上传呼进，云鬟不整惊魂定。
蜡炬迎来在战场，啼妆满面残红印。
专征萧鼓向秦川，金牛道上车千乘。
斜谷云深起画楼，散关月落开妆镜。
传来消息满江乡，乌桕红经十度霜。
教曲伎师怜尚在，浣纱女伴忆同行。
旧巢共是衔泥燕，飞上枝头变凤凰。
长向尊前悲老大，有人夫婿擅侯王。

当时只受声名累，贵戚名豪竞延致。

一斛明珠万斛愁，关山漂泊腰肢细。

错怨狂风飏落花，无边春色来天地。

尝闻倾国与倾城，翻使周郎受重名。

妻子岂应关大计，英雄无奈是多情。

全家白骨成灰土，一代红妆照汗青。

君不见馆娃初起鸳鸯宿，越女如花看不足。

香径尘生鸟自啼，屟廊人去苔空绿。

换羽移宫万里愁，珠歌翠舞古梁州。

为君别唱吴宫曲，汉水东南日夜流！

简 析

吴伟业的《圆圆曲》是一曲前所未有的爱情赞歌，也是一曲人生悲歌。它既述说了吴三桂与陈圆圆之间悲欢离合的爱情故事，也表现了二人的悲剧命运。诗中以陈圆圆与吴三桂的关系为中心，穿插了陈圆圆的一生主要经历，以及作者对主人公命运的感慨叹息。写出了吴三桂的悲剧性处境：他不能忍受所爱之人被他人强占的耻辱，所以作出与李自成为敌的决定。他由此付出了巨大的代价，包括父亲在内的全家都被杀害。在这首诗中，作者确实指出，人处在历史造成的困境中时，无法作出两全的选择，他不能不承担悲剧的命运。

陈圆圆原姓邢，名沅，字圆圆，又字畹芳，幼从养母陈氏，故改姓陈。她殊色秀容，花明雪艳，能歌善舞，为昆山歌妓，曾寓居过秦淮，她色艺超群，天生丽质，"色艺擅一时"。既有天生的好嗓子，又工于声律，琴棋书画也很娴熟，是位在江南极具名气的绝代佳人。

当时明朝内忧外患，崇祯帝心情郁郁不欢，田妃为讨他欢心，让自己的父亲 田弘到江南寻选美女为崇祯稍解苦闷。田弘在江南青楼中花了20万两银子买走陈圆圆。没想到崇祯帝整日忧国，不好女色。陈圆圆被送进宫后又很快被退回田府。田府生活优裕，陈圆圆在锦衣玉食的环境中，日日歌舞宴饮，技艺更加精进，很快她的声名就传遍京城富豪权贵之家。

崇祯末年，李自成的农民起义军威震朝廷。不久队伍逼近京师，崇祯帝急召吴三桂镇守山海关。吴三桂，原籍江苏高邮，寄籍辽东，十八岁中武举。他的父亲吴襄为京营提督。吴三桂后借父亲的关系，做了都督指挥，又以平西伯爵位、山海关总兵职务，镇守宁远。李自成攻陷西安，又奔太原，京师大为震动。接到皇帝的急召后，吴三桂入京觐见皇上。田畹深谋远虑地为寄托身家性命，与这位兵权在握的吴三桂拉上了关系，田畹对农民起义军整日忧心惶惶，便设盛筵为吴三桂饯行。陈圆圆率歌队进厅堂内表演。吴三桂见到圆圆后，神驰心荡，高兴得搂着圆圆陪酒。酒过三巡，警报忽然响起，田畹恐慌地上前对吴三桂说："反寇来了，该怎么办呢？"吴三桂说："大人如果能把圆圆赠与我，我首先会保护你们一家无事。"没等田畹回答，吴三桂就拜别了他，随即带走了陈圆圆。

接下来的日子，陈圆圆和吴三桂如胶似漆，甚至一刻也分不开，吴三桂看她不够，越看越觉得她美不胜收，她笑起来更有一种勾魂摄魄的媚态，使吴三桂感到神魂颠倒，使他心跳加速，直想地老天荒。陈圆圆多才多艺，抱着紫纹琵琶唱出的小曲，使吴三桂神游在云里雾里；跳起舞来似天女散花，使吴三桂飞上琼楼玉宇，不知自己是谁，身在何处。陈圆圆精于弈棋、线戏、投壶，尤其是投壶，她能玩出"过桥"、"双飞雁"、"翎花倒入"、"二乔观书"、"杨妃春睡"、"珍珠倒卷帘"等很多种花样。吴三桂看得眼花缭乱，惊叹不已。吴三桂多年刻苦习武，近年来又在烽火前线戍守，哪里曾享受过如此快乐？一下子他掉进了温柔乡，真正是"乐不思蜀"了。他快把前线的事儿忘到了脑后。二人常在小花园中携手漫步，累了便在石凳上观鱼，耳鬓厮磨，情话喁喁，形影不离，卿卿我我，非常亲密。

此情可待成追忆——传说中的爱恨情愁

　　吴三桂喜得陈圆圆，无奈前方军情紧急，一遍一遍地催他回去。这天夜间，陈圆圆依偎在吴三桂怀中，摸抚着吴三桂面颊，柔声问："将军，看你心事重重，必有大事，难道不能对妾说一说吗？"吴三桂满脸愁容："唉，我是舍不得你呀……"

　　"怎么，将军要舍弃我？"陈圆圆大惊。

　　"不，不，我怎么能舍弃你呢？自从得到你，我才知道做人的快乐。这样的快乐是我没有体验过的。我宁肯舍弃自己的性命也不会舍弃你呀！"

　　"到底有什么事呢？"

　　"我驻守边关，这次是奉旨回京陛见的，陛见后本应回关，同你在一起，我已经忘了回关镇守这回事了，滞留京城已经超过一月，朝臣已经在议论。我父亲怕有人上本弹劾我，逼着我给皇上上表销假。皇上已传下圣旨，同意我五日内回关。你我相聚之日如此短暂，真可谓会少离长，我心里不好受啊！"

"将军，我也离不开你，离开你，我会牵肠挂肚，寝食难安啊！我出身贫寒，什么苦都吃过，不怕苦，我随将军到边关去！"

"我何尝不想把你带到边关去？可是朝廷不准守边的将官携带女眷……"

陈圆圆心里一酸，泪落了下来："将军，难道就没有别的办法了吗？"

陈圆圆这一哭，吴三桂便感到很心疼，他忙掏出绢子为她拭泪，说："圆圆别哭，你一哭我这心就更乱了，让我想想……"

吴三桂在其督理御营的父亲劝说下，将圆圆留在京城府中，自己返回山海关，以防同行招惹是非让皇帝知道。吴三桂十分生气，这是他一生最为甜蜜、最为畅快的日子，皇家制度把他和心爱的人生生分拆开了，使他感到十分压抑，恨不能一拳把这制度击个粉碎。

吴三桂走后，陈圆圆一个人对镜而坐，泪水像断线珍珠一样流下来。京城如果失守，吴三桂又何以自处？自己又何以自处？刚刚寻到的幸福岂不是又像一场春梦一般破灭？女人生于乱世，命运更为悲苦，陈圆圆为自己的命运痛哭。

就在此间，李自成打下了紫禁城，崇祯帝吊死了。李自成抓住权力，滥用起来，这使他刚刚建立的"大顺"政权很快腐化了。上上下下都在忙着追赃索饷，搜罗女人。李自成有一名手下刘宗敏，他干脆把陈圆圆从吴襄府中抢了去。他们这时显然还没有意识到山海关的重要性，对那位镇守在关的总兵吴三桂更缺乏了解。

李自成抓了吴三桂的父亲及一家老小，他对手下说道："吴三桂若为我用，我会将他的家属送还。如果我把他的家人送还给他，而他又倒戈相向，就中了他的计，这么做是不可的！现在我暂且留吴襄，静看吴三桂的动静。吴三桂若能投降我，我马上还给他家人。吴三桂如果与我为敌，我即杀他家人，以泄愤。不是很好吗？"说完，他又转向陈圆圆道："我听说你跟着吴三桂，是因为你羡慕他是位英雄。现在国破家亡，吴三桂没有来援救你。我却能踏平陕晋，扫净燕云之地，唾手取得北京。我的英雄，和吴三桂相比怎么样？你如果舍弃吴三桂，从此跟着我，我会让你得到妃嫔般的尊贵。"陈圆圆道："大王把我们掳来，如果目的是和明朝争江山的话，就应以仁义之师救生灵涂炭的苦难。如果以一时声势，夺人所爱则损人之节，丧失人心，又误大事，愿大王不要这么做。"说完，她低下头再不仰视。李自成手下许多大将都在一旁站着，陈圆圆说这几句话，真是让李自成无言可对，他只好将陈圆圆押在一处，和吴襄不能相见。手下人大多数都劝他释放陈圆圆，李自成不同意，只说等看过吴三桂的动静，再作打算。其实他想的是将圆圆占为己有。

明朝江山已去，当吴三桂答应投降李自成时，他一听到陈圆圆被掠，勃然色变了。听说圆圆已被李自成的部将占有，冲冠大怒，高叫"大丈夫不能保全一女子，有何颜面?"吴三桂流着热泪："哦……他们在我的家里，杀了我父亲! 在我的炕上，抢走我的女人! 在我们的京城，逼死我们的皇上……"他的声音沙哑而炽热，且由低沉渐至凶狂，"这还不算，还跑到山海关来跟我说，要善待前朝文武，要拜我为武英殿大学士! 还说要赏拔各位弟兄们哪……"众将士一片哭声，难民们更是哭声震天。吴三桂痛苦万分地，摇头不止，惨声道："弟兄们，我吴三桂平生没有上过这么大的当，没有受过这么大的污辱! 闯贼连我都不放在眼里，对你们又会怎么样呢? 这样的人，竟然还想开国当皇上! 竟然还要我们去归降他……"

众将士个个咬牙切齿，怒目圆睁! 他们怒叫着：

——杀贼! 杀贼! ……

——报仇雪恨! ……

——打进北京城，宰了那群禽兽! ……

吴三桂冷静了，沉思片刻，怒道："弟兄们，上马! 回山海关!"吴三桂跳上白马，狠狠击鞭，健骑飞奔而去。所有将士们统统上马，跟着吴三桂，狂奔而去。于是又投降了清军，和农民起义军为敌。

吴三桂重返山海关，由此也改变了大顺的历史，改变了大清的历史，甚至改变了整个中国十七世纪的历史。后来，他为了陈圆圆才降而复返，并写下著名诗篇留传于世，"恸哭三军尽缟素，冲冠一怒为红颜。"

李自成战败后，将吴之父及家中38口全部杀死，然后弃京出走。吴三桂抱着杀父夺妻之仇，昼夜追杀农民军到山西。此时他的部将在京城搜寻到陈圆圆，飞骑传送。吴三桂带着陈圆圆由秦入蜀，然后独占云南。顺治中，吴三桂被封为云南王，他想立陈圆圆为正妃，陈看透了世事的苍凉，辞谢了他的好意。圆圆后来削发为尼，从此在五华山华国寺长斋绣佛。

后来吴三桂在云南宣布独立，康熙帝出兵云南，1681年冬，昆明城破，吴三桂死后，陈圆圆也自沉于寺外莲花池，死后葬于池侧。

吴三桂"冲冠一怒为红颜"倒不失为一个英雄！暂且不论其功过是非，真正肯为一个心爱的女子伏尸百万，流血漂橹的又有几人。古往今来有多少海誓山盟的爱情故事，比如唐明皇马嵬之变赐死杨玉环，相比之下，吴三桂可谓真英雄。

爱有时会弄得人遍体鳞伤，被爱灼伤，被爱冻伤，这时候，需要短暂的休息，去疗伤，再去寻找自己的那一份爱情。记住爱情带给你的笑，忘记它带给你的泪，爱情虽然包含很多种感觉，但更多的还是幸福的满足。

你要相信，爱情是勇敢者的战利品。它是调皮的精灵，它有时会攻击你的弱点，会欺负你，没有关系，摸清了习性，很快它就会被你驯服的。爱情是一个欺软怕硬的东西。在懦弱面前，爱情是那么遥不可及，当你勇敢地去追，去勇敢地去面对时，相信有一天，它就在你心里。

总之要记住，爱情需要勇敢，它是勇敢者的战利品，谁想得到她，就要勇敢地面对，别再傻傻地站在一边，自以为看透了爱情。不要自怨自艾，它总会回到你的身边。为了爱，勇敢的站立。坚强挺立，告诉自己不能倒下；快乐坚强并且珍惜自己。

相思坟上种红豆，豆熟打坟知不知？
——黎简梦忆发妻

七　绝

黎简

一度花时两梦之，一回无语一相思。
相思坟上种红豆，豆熟打坟知不知？

简　析

此诗真率平易，从中可见诗人发自肺腑的一片至情。"相思坟上种红豆"的奇想，是无可奈何的爱情表达方式，令人想象到一种迷惘痛苦的哀思。

诗人梦见自己在外寄书给妻子，其实妻子已于两年前去世。诗人醒后悲痛万分，于是写下自己的哀思。前两句说接连两次梦见亡妻，后两句以坟上种红豆作比喻，表明相思难尽，然相隔两世，只能空留遗恨。情真意切，伤感之情尽在其中。

最美的诗词故事大全集

"花时"是指春天，南国的花期来得比较早，正月至二月已经是百花争艳的时节了。就在这"一度花时"之中诗人却两次梦见亡妻。第一次的梦中虽然见了面却没有说话，第二次的梦连面都没见着，只是想寄给她自己的相思。但相思还没有送到，梦已醒。空留惆怅，徒增悲伤。于是他忽发奇想，欲在亡妻的坟上栽一棵红豆，等到红豆结籽，纷纷落地的时候，那泉下之人会不会知道呢？红豆是爱情的象征，所以这里的红豆打坟，比喻诗人对亡妻的相思之情。

黎简出生在乾隆年间的广西南宁。他祖上两代都是国子监生，可谓书香家庭。黎简的父亲当时在南宁做米商，他非常喜读诗书，组织了一个"五花洲吟社"，他经常和朋友吟诗论道。黎简受到父亲的熏陶，十岁起就能赋诗写文章了。他父亲每次外出游历，都会带上他。他练习书画，闲时外出旅游，也不忘题名留念。看见儿子是做诗人的材料，父亲开始有意识地培养他。渐渐长大以后，黎简更是博览群书，畅游于笔墨书画之间，才气与日俱增。在父亲的带领之下，黎简可谓是"遍览桂林山水"。后来，黎简又游遍了黔、贵，北上湘、鄂。他把山水在心中留下，笔下写文章就更有气势。年轻时的这种游历生活，对黎简的写诗作画有很大的帮助。

有一年，黎简陪着母亲从广西回到家乡弼教村，从此之后，他经常来往于顺德县城、广州府城之间，还到过佛山、中山访师会友；在罗浮、西樵、鼎湖这些风景名胜他也留下了足迹。可以说，他过着典型的传统知识分子的生活，平时以书画为生。

20岁时，黎简和顺德处士梁若谷的长女梁雪结婚。梁雪是大家闺秀，聪颖贤惠，美丽端庄。可是她体质不好，常常生病。黎简家境比较清贫，一开始就是卖文作画来维持生活。梁雪常常是陪着丈夫工作。丈夫喜欢静静思考，特别喜欢在晚上读书，直到深夜才睡去。梁雪总是陪伴左右，尽管困意袭来，哈欠连天，她也仍然坚持不懈。黎简一再催促妻子去睡，梁雪却说："我不敢一个人睡。"然后，仍然固执地陪伴左右。黎简与他的妻子梁雪伉俪情深，非常恩爱，然而为了生计，黎简经常出门奔波，和妻子经常分离成为黎简生活中的憾恨。

梁雪一直体弱多病，来到黎家后，也是由于这个原因他们家中的阁名叫"药烟"。有一次，梁雪生病了，她对黎简说："你喜爱清净，不喜欢世事，感情深挚。我在家的时候，看到疾风骤雨袭来，想着你在路上，肯定淋湿了，非常担心你。情绪也很低落，吃不好，睡不香，从此一病不起。我死后，不要把我埋得太远，我体弱不能回来看你。最好埋在高处，中间隔水，周围种上竹子来挡风，那样我就可以时时刻刻看着自家门口，也有可能见你和孩子一面。"

1784年农历四月二十一，梁雪握着黎简的手因病故去了。黎简非常伤心之余，悲痛欲绝。他为妻子写下很多哀诗，又刻了一枚"长毋相忘"铜印系在妻子的手臂上，作为殉葬品，并作墓志铭。或许是因为太悲痛，几个月后，黎简带着全家离开家乡，去了佛山。

两年之后，黎简对妻子的爱并没有随着岁月的消逝而减少。黎简在船里做梦，在梦里给妻子写信。尽管梁雪这时已经去世两年。日思夜梦，诗人还像往日那样想着给妻子写信。那年春冬时节，他病了一场，勉强起床，记下了自己病中梦见妻子的情形：

已隔花时失好春，更伤旅病昧佳辰。梦中草阁垂寒袖，竹里梅花忽故人；似感芳菲归别日，未知来去坐谁身。东风曲慰羁孤客，桃李辞乡也自新。

梦境和相思浑然一体，诗人似乎在竹里梅间又见到了她的倩影。过了不久，在二月十三日的夜间他梦见自己在广西南宁，因有朋友回乡，于是赶紧写封家书托朋友带给妻子，才写了那首七绝。人鬼情深未了，虽然阴阳两世界，但是心心相知。黎简的《夜梦邕江》，可说是爱情诗集里的至爱相思的经典。

当时，黎简还没有儿子，不孝有三，无后为大，在种种压力之下，第二年十一月，黎简又娶了庞氏。在诗中黎简这样写道：父娶为无后，母续恐有间，他时邻里人，冷眼窥我变，我生自此始，艰难坐恩怨。

黎简还有一首怀念妻子的诗：

相怜逢同病，同病更相怜；枕共花檐雨，房分药鼎烟；苦心长短夜，瘦影十余年。

可见思念之情深。

红豆是一颗情种，它红得刺目。记下了多少曾经生死相许的誓言。它红了千年，艳了万世，痴情的深重。紧握双手，烙下了心心相印，铭记了遥远而绵长的爱恋。相思无需人问，只慰藉多情人，世间明了真情真意者又能有几人呢？

独立风中，看黄花淡了千载，明月素了万年，孤影猜对，凄凉与他人无处话。

看惯了过多的轻歌曼舞，只因那红尘中人未遇到真情，更不认得真爱。举杯邀月，月华无语，低头看花，花亦无声息，只能独饮。风花雪月，哪里知道相思红豆，它浸了想念的情人之泪才有这般的艳丽。

午夜梦回，缘何不见思念的身影？爱到不能爱，聚到终需散。滴不尽的相思血泪，眼中充满了心碎的痛苦，你已不在。惟有握紧红豆一颗，感受曾经的爱意。凭谁说不屑一顾的是相思？红豆花开，来采时你已不在。长叹是相思，恩爱不尽。红豆在我，真心在你。握在掌心的那颗红豆，要人相信人世间存在着真情！此物最相思。

第四章　道不尽的新愁与旧愁

　　真正的爱情会让人感觉到痛苦。残缺的美丽或许更令人牵肠挂肚。相爱的人天各一方，无疑是一种痛苦，但既然爱了就无怨无悔。爱会不会有天长地久？此时此刻与彼时彼刻是不是爱依旧？珍爱拥有的那一刻，谁知明天会不会是彼此的过客。

迢迢牵牛星，皎皎河汉女
——"七夕"节的由来

原诗

迢迢牵牛星，皎皎河汉女。

纤纤擢素手，札札弄机杼。

终日不成章，泣涕零如雨。

河汉清且浅，相去复几许。

盈盈一水间，脉脉不得语。

简 析

"牵牛星"，河鼓三星之一，在银河南端。民间通常叫扁担星，是天鹰座的主星。"河汉"，就是银河。"女"，织女星的简称，天琴座的主星，在银河北端，和牵牛星相对。"迢迢"，遥远。"皎皎"，明亮。"擢"，举起。"机"，织机上转轴的机件。"杼"织机上持纬线的机件。"机杼"为织机的总称。"札札"，机杼工作时发出的响声。终日不成章：一整天也没有织出成品。"章"，指成品上的经纬文理。"不成章"，因织女空有其名，走起来一直向西，故不能一来一去，一往一复，而织不成章。这里借以描写织女的内心哀怨，与原义各别。"零"，落。"零如雨"，形容涕泪纵横的样子。"几许"即几何，是说距离近。"盈盈"，水清浅的样子。"水"，指河汉。"脉脉"相视的样子。"脉"也写成"眽"，音义同。

这首诗是秋夜即景之作，借天上的牛女双星的爱情故事，述说人间别离之感。从女方的哀怨着笔，是一首思妇词。

"七夕节"始终和牛郎织女的故事连在一起。这是一个美丽的、千古流传的爱情故事。

相传很早以前，南阳城西牛家庄里有个聪明、忠厚的小伙子，人们都叫他牛郎。牛郎很小的时候父母亲就过世了，他只好跟着哥哥嫂子一起生活。嫂子为人狠毒，经常虐待他，逼他干很多的活。一年秋天，嫂子又逼牛郎去放牛，明明是给了他九头牛，却让他等有了十头牛时才能回家，牛郎无奈只好赶着牛出了村。

牛郎独自一人赶着牛进了山，在草深林密的山上，他坐在树下伤心。不知道什么时候才能赶着十头牛回家。这时，在他的面前出现一位须发皆白的老人，问他什么事这么伤心。牛郎如实跟老人说了。老人得知他的遭遇后，笑着对他说："别难过，在伏牛山里面有一头病倒的老牛，你去好好喂养它，等老牛病好以后，你就可以赶着它回家了。"

牛郎翻山越岭，走了很远的路，终于找到了那头有病的老牛。老牛病得很厉害，牛郎给它打来一捆捆草，一连喂了它三天。老牛吃饱了，病也好些了，抬起头告诉牛郎：自己本是天上的灰牛大仙，因为触犯了天规被贬到凡间，摔坏了腿，无法动弹。自己的伤需要用百花的露水洗一个月才能好。牛郎听后，不怕辛苦地给老牛采集露水，细心地照料了一个月。白天他为老牛采花接露水治伤，晚上依偎在老牛身边睡觉。老牛病好了，牛郎高高兴兴赶着十头牛回了家。

回家后，嫂子对他仍旧不好，曾几次要加害他，都被老牛设法相救，嫂子最后恼羞成怒，干脆把牛郎赶出家门。牛郎没办法，只要了那头老牛跟着自己出来。

牛郎只有这一头老牛，他每天刚亮就下地耕田，回家后还要自己做饭洗衣，日子过得十分辛苦。有一天，奇迹发生了！牛郎干完活回到家，一进家门，就看见屋子里干干净净，衣服也整齐清爽，桌子上还摆着热腾腾、香喷喷的饭菜。显然是有人来过了。牛郎吃惊得瞪大了眼睛，心想：这是怎么回事？神仙下凡了吗？不管了，先吃饭吧。此后，一连几天，天天如此，牛郎耐不住性子了，他一定要弄个水落石出。这天，牛郎像往常一样，一大早就出了门，其实，他走了几步就转身回来了，没进家门，而是找了个隐蔽的地方躲了起来，偷偷地观察着。果然，没过多久，来了一位美若天仙的姑娘，一进门就忙着收拾屋子、做饭，甭提多勤劳了！牛郎实在忍不住了，站了出来道："姑娘，请问你为什么要来帮我做家务呢？"那姑娘吃了一惊，脸红了，小声说道："我叫织女，看你日子过得辛苦，就来帮帮你。"牛郎听得心花怒放，赶忙接着说："那你就留下来吧，我们同甘共苦，一起用双手建设幸福的生活！"织女红着脸，点了点头。牛郎见她同意了，就和她结为夫妻。从此，牛郎去田里耕地，织女在家里做家务事。她不仅做了牛郎的妻子，还把自己带来的天蚕分给邻居和附近的人，并教大家养蚕，抽丝，织出又光又亮的绸缎。小两口的日子过得很美满。

过了几年，他们生了一男一女两个孩子，一家人生活得很幸福。但是好景不长，一天，突然间天空乌云密布，狂风大作，雷电交加，织女不见了。两个孩子哭个不停，牛郎急得不知如何是好。正着急时，乌云又突然全散了，天气又变得风和日丽，织女也回到了家中，但她的脸上却满是愁云。只见她轻轻地拉住牛郎，又把两个孩子揽入怀中，说道："其实我不是凡人，而是王母娘娘的外孙女，现在，天宫来人要把我接回去了，你们自己多多保重。"

说完，泪如雨下，腾云而去。牛郎搂着两个年幼的孩子，欲哭无泪，呆呆地站了半天。他想："我不能让妻子就这样离我而去，我不能让孩子就这样失去妈妈，我要去找她，我一定要把织女找回来！但是，她在天上，我有什么办法呢？"这时，那头老牛突然开口了："别难过！你把我杀了，把我的皮披上，再编两个箩筐装着两个孩子，就可以上天宫去找织女了。"牛郎说什么也不愿意这样对待这个陪伴了自己这么多年的伙伴，但拗不过它，又没有别的办法，只得忍着痛、含着泪照老牛的话去做了。

牛郎到了天宫，王母娘娘不愿认这个人间的外孙女婿，不让织女出来见他。她找来七个蒙着面、高矮胖瘦一模一样的女子，对牛郎说："你认吧，认对了就让你们见面。"牛郎一看傻了眼，怀中两个孩子却欢蹦乱跳地奔向自己的妈妈。原来，母子之间是心连心的，什么也无法阻隔！王母娘娘没办法了，但她还是不甘心织女再回到人间，于是就命人把织女带走。牛郎急了，牵着两个孩子赶紧追上去。他们跑着跑着，累了也不肯停歇，跌倒了再爬起来，眼看着就快追上了，王母娘娘情急之下拔出头上的金簪一划，在他们中间划出了一道宽宽的银河。从此，牛郎和织女只能站在银河的两端，隔河相望。原本恩爱的夫妻被王母娘娘活活拆散了。他们被隔在两岸，只能相对哭泣流泪。

后来，他们的忠贞爱情感动了喜鹊，千万只喜鹊飞来，搭成鹊桥，让牛郎织女走上鹊桥相会，王母娘娘无奈，只好允许两人在每年七月七日在鹊桥相会。还有一种说法：玉帝下旨允许织女每隔七天与牛郎见一次面，而喜鹊"报错喜"，将玉帝的旨意误传为一年一度即七月七日相会。因此，从那以后，家庭主妇们在七夕一大早，把早准备好的胭脂、花粉、花束等东西，用红綮索捆扎起来，抛上屋檐顶，让喜鹊衔着送给织女，好让织女梳妆打扮见牛郎。让喜鹊跑腿也是责罚它"报错喜"。有的地方，每到农历七月初七，牛郎织女鹊桥相会的日子，人们就会来到花前月下，抬头仰望星空，寻找银河两边的牛郎星和织女星，希望能看到他们一年一度的相会的情景。"七夕"的晚上经常会下点小雨。人们几乎都相信是牛郎和织女喜极而泣；分手时，彼此依恋不舍，挥泪告别，所以人间才会下雨的。七夕当天，天上不见喜鹊，它们纷纷飞到天河，为牛郎、织女搭鹊桥去了。人们把这叫做"鹊桥"。年轻人于当日乞求上天能让自己如织女那般心灵手巧，祈祷自己能有称心如意的美满婚姻，由此形成了七夕节，现在我国的年轻人还把这一天定为"中国的情人节"。

爱，就是不因为岁月的流逝而改变对某人的痴恋；爱，就是双手交握在滚滚红尘中的漫漫岁月；爱，就是自然而然地承担起照顾对方的责任；爱，就是两人相守着一起慢慢变老，尽管可能会缺少华丽的表白与形式。那种用血质，用疼痛，用大山般的誓言和玉石性格，用不畏势不重利不惜命的义气，用自然的浪漫激情和专致投入的爱的精神，便可歌可泣。古代有许多爱情故事，都可以称得上经典，因为他们爱到了骨头里，那种刻骨铭心震撼着每一位渴望爱情的心灵。它表达了一种实实在在的爱情本质的东西。

爱情应该是深刻的，铸造一段爱情的经典，那应该是无数个相亲相爱的日子的累积，那应该是同为白发时，夕阳下紧紧相牵的双手，那应该是苦难之时的不弃不离。爱情有时候就是这样：相遇了，是缘；散了，也是缘，只是浅了。爱情极美，其状如花，它那柔韧的根，就深深地扎在爱人的心里！

嫦娥应悔偷灵药，碧海青天夜夜心
——寂寞的广寒宫主

嫦　娥
李商隐

云母屏风烛影深，长河渐落晓星沉。
嫦娥应悔偷灵药，碧海青天夜夜心。

简　析

嫦娥是神话传说中的月宫仙女。云母屏风：用美丽的云母石制成的屏风。烛影深：烛影暗淡，表明烛已残，夜将尽。长河：银河。渐落：渐渐西沉。晓星：晨星。沉：落。应悔：一定会悔恨。偷灵药：指偷长生不死之药。夜夜心：因为孤独而夜夜悔恨。

这首诗以嫦娥为题，描写嫦娥后悔偷吃灵药，与世人隔绝的凄苦心情。实际也在写一个和嫦娥处境、命运相近的女子。以神话寄兴，将其感遇与嫦娥的命运相提。

传说嫦娥原本是天上的神仙，她的丈夫后羿的神弓和神箭百发百中，也是一位勇猛善战的天神。在天宫中，他们是郎才女貌的恩爱夫妻。当时人间出现了许多猛禽野兽，残害人民。玉帝知道了情况以后就派后羿下凡，去消灭这些害人的东西。

后羿奉玉帝的命令，带着美丽的妻子来到人间。后羿勇猛无比，没太费功夫，就消灭了陆地上许多害人的动物。任务就要完成时，出现了一件无法预料的事：天空中同时出现了十个太阳！它们都是天帝的儿子，为了搞恶作剧，十个同时出现在空中，晒得庄稼枯死，民不聊生。大地的温度骤然升高，森林着火了，河流干涸了，被烤死的人尸横遍野。

看到人民所受的灾难痛苦，后羿就好话劝说十个太阳，请他们十兄弟单独行动，每天轮流出来一个。可是骄横的太阳兄弟根本不把后羿放在眼里，反而更加变本加厉。他们故意接近大地，地面上燃起了大火。后羿看到这种为非作歹的行为，劝告也无济于事，人民已经死伤无数，他实在无法忍耐了，便弯起他的神弓，搭上神箭，向太阳射去。他一口气射下了九个太阳，最后一个太阳害怕了，向后羿认罪讨饶，后羿才息怒收弓。后羿虽然为人间除了大害，可却因此得罪了玉帝，玉帝为他射杀自己的九个儿子而大发雷霆，不许他们夫妇再重返天上。既然无法回天，后羿便决定留在人间，为人民做更多的好事。

但是，渐渐地，嫦娥发现后羿变了，他越来越骄傲，越来越喜欢奢侈华丽的东西。一天他们吃过晚饭以后，后羿醉醺醺地躺在虎皮上，端着琥珀杯对嫦娥说："人间的一切滋味我已经尝遍了，我有些厌倦了。还是天宫好，有华美高大的宫殿，有数不清的琼浆玉液，还有数也数不清的像你一样美貌的仙子……"嫦娥听到他的话，望着眼前这个曾经坚定勇敢而又多情的男人，她感到陌生极了。她想"爱情真的不能长久吗？"想到这里，她在不知不觉中，滴下两滴清泪。

这样三年过去了，在酷热的夏季的一天，后羿兴冲冲地跑到嫦娥面前说："我找到了，找到了！你为我高兴吗？我听人说有一位西王母，她有一种神药，得到它我们就可以上天了！你高兴吗？！高兴吗？！我今天就去找，你在家等我的好消息！"说完，他就大步流星地走开了。嫦娥望着他的背影，幽幽地说："重返天上，爱还可以长久吗？"

后羿去往昆仑山西王母那里求取神药，他跋山涉水，历经千辛万苦，爬上昆仑山，向西王母讨来了神药。回到家里，他拿出神药，悄悄地让嫦娥看了一眼，兴奋地说："七天避斋后，我们就可以一同服用了，然后我们一起飞天。你高兴吗？"嫦娥勉强一笑说："我有些不舒服。""是吗？那你就早早休息吧！不要紧吧？"后羿关切地问她。"不要紧的。"说着嫦娥就走开了，后羿望着嫦娥的背影疑惑地摇摇头。

夜晚，嫦娥一人呆在家里，后羿出去避斋了，她一个人辗转不能入睡，"回天上生活好吗？天上有数不清的像我一样的美人儿……后羿他会不会离开我呢？"想到这里，她烦躁不安地起身，走到装药的盒子前慢慢打开一看，两颗仙药静静地躺在那里。"也许在人间会更快乐一些……我要是老了，后羿他会不会离开我？爱情为什么不能长久？为什么不能永生不老？为什么要随着容颜的衰老而泯灭？……还是离开他吧！"想到这里，嫦娥突然被自己的想法吓了一跳，"对！离开他！那样他才会一直想着我。他才会永远记得我现在的容颜，不会因为看见我渐渐变得衰老丑陋而舍弃我。那样，我们的爱情才能长久……"嫦娥默默地拿起两颗仙药放在嘴里，慢慢地咽了下去。

"嫦娥。"刚一进门的后羿看到了，便大声喊起来。

"后羿！快拉住我。我不想离开你！"嫦娥吞下神药身体不知不觉地飞舞在半空中。她冉冉上升，无助地向后羿挥舞着衣袖。

见嫦娥飞天直奔月宫，后羿发疯一般竭力拼命朝月亮追去。可是他追三步，月亮退三步，他退三步，月亮进三步，无论怎样也追不到跟前。

后羿无可奈何，又思念妻子，只好派人到嫦娥喜爱的后花园里，摆上香案，放上她平时最爱吃的蜜食鲜果，遥祭在月宫里眷恋着自己的嫦娥。百姓们听说嫦娥奔月成仙的消息后，纷纷在月下摆设香案，向善良的嫦娥祈求吉祥平安。

嫦娥到了月亮上的广寒宫，过上了冷清的生活。那里只有一只捣药的小兔子，她整天闷闷不乐地呆在月宫里，特别是每年农历的八月十五，月光最美好的时候，嫦娥就想起从前和丈夫的幸福生活。她在月宫里常常扶在栏杆上，向人间远眺。夜晚寂寞时她就会翩翩起舞，人间的山水也因她而寂寞了。

后羿也是孤单一个人了，他在人间教徒弟学习射箭。他的徒弟当中有一个叫逢蒙的人，进步很快，不久射箭的本领就非常高明了，但他觉得只要后羿存在，自己就不能算天下第一，所以有一次趁后羿喝醉酒时，从背后射他。此时的后羿已感到了无生趣，宁愿早日解脱。于是，一柄桃木锥进入了他的身体，一代英雄空留千古遗恨。

际遇使两个人相爱。现实中，很多人寻找伴侣时，会左思右想，不知如何抉择。因害怕一时的决定看错人，从而带来终生遗憾。其实，爱上一个人只需要靠"际遇"，是冥冥中上天早已安排好的。

爱情不应该刻意地把握，爱情是非常奇怪的东西，你越是想抓牢它，就越容易失去原则，失去自我，失去彼此的谅解和宽容。爱情因此将变得毫无美感。希望永远拥有幸福的爱情，就要抱着顺其自然的态度去对待，好好珍惜与把握，爱情一定会圆满。

人往往因"际遇"而迷惑、苦恼，欲念不断、争逐不散，而不明白幸福的关键在于经营感情的能力。持续相爱要靠双方的努力。爱情是需要经营的，沟通交流，包容和体谅显得尤为重要。不要在偶然的"际遇"中迷失了自己，将幸福的手错放。如果没有经营爱情的技巧，幸福就会错过。感情中，免不了会有摩擦，而彼此的那种熟悉的感觉、信赖的感觉却是由来已久，又十分难得的，应当珍惜。

但见泪痕湿，不知心恨谁？
——西泠桥畔苏小小

怨　情

李白

美人卷珠帘，深坐颦蛾眉。
但见泪痕湿，不知心恨谁。

简　析

　　这是李白所做的一首闺怨诗。它以生动的笔触，含蓄地刻画出了一位痴情女子心中牵肠挂肚、纠结不清、百转千回的情感心理。诗人以一颗同情和理解的心，写出了一位女子的相思之苦，不仅表现在皱蛾眉，更在一片苦涩纯真的心情。本诗细腻地描写出佳人苦苦等待心上人，心上人却不到，因此佳人转爱为怨，心情凄恻哀婉。在表现女子的这一感情时，诗人主要是通过她的行动、表情和心理活动来刻画的。以卷帘、深坐、皱眉等动作和情态写她在恋爱中等待的哀怨心理。皱眉落泪表明了她因心上人不来而痛苦万分。最后一句描写这位佳人由爱生怨、因爱生恨的情感变化。诗中的美人，由于倾注了自己全部的爱，在她的挚爱落空以后，自然要生出无穷的怨恨了。她所恨之人便是她所爱之人，也是她久等不到的那个人。这句使人联想到应有潜台词："不知为何恨。"她恼恨的原因到底是什么？是所爱的男子另有新爱而把她遗弃了？还是她本来就是单相思？也许是男子本身的行动并不自由，受到了家庭阻隔，等等，从而使本诗更加含蓄不尽。由此可见，"不知心恨谁"对诗意的拓展起到了相当大的作用。

这首诗极契合苏小小与阮郁的一段感情。苏小小是南朝齐时钱塘一带的名妓。她才貌出众，诗才横溢。她出身于一户商贾人家，深受祖上香书遗风的熏染，聪明灵慧，她是父母的独生女儿，掌上明珠，因长得玲珑娇小，就取名小小。自小文才横溢，能书善诗。

可惜苏小小十五岁时，父母相继去世，她失去了依靠。她睹物思人，每每伤感，于是变卖了家产，随乳母贾姨移居到城西的西泠桥畔。城西钱塘湖一带相比城中的繁华略显荒凉几许。而这里风景却十分宜人，青山环绕，碧水盈盈。苏小小非常喜欢这里的山水，她和乳母依靠着父母所留下的财产，在湖山深处的松柏林中筑下一雅致的小楼，过着远离红尘的闲居生活。苏小小渐渐出落成一个红杏初熟的小女人，那一双水灵灵的大眼睛，看上一眼都使人醉倒。每逢春秋季节，钱塘湖面清澄平静，山色青翠悦目，清风习习，杨柳映波。苏小小性好山水，常与乳母，乘坐着一种特制的油壁车，绕湖环游，观赏无边风月。如此一位美艳少女，无遮无拦地荡游于湖光山色，引起了一些风流少年的追逐调笑，他们常常议论说："此女若是大家闺秀，怎么可能既抛头露面，又没有随从？如果是小户人家女子，一定又会羞缩，哪里能如此大方呢？"苏小小见到这种光景，心中很是得意，一时兴起，便信口吟诗一首：

燕引莺招柳夹道，章台直接到西湖；春花秋月如相访，家住西泠妾姓苏。

这首诗十分直白地介绍了自己，并大胆地表露了她的心意，因为一人过于孤寂，她希望有人来访。苏小小从小很少受到父母的约束，性情开放，吟出这样的诗也就不足为怪。车后的少年有明白此意的，当即就追随着她的油壁车，到了西泠桥畔的小楼前。苏小小见客人应声而来，来客均是彬彬有礼，谈吐文雅之人，于是相邀入客堂落座。善解人意的贾姨沏上香茗，主客一边品说周围风光，一边谈论诗歌，好不轻松愉快。

事情传开以后，当地的名流雅士均慕名而来，造访苏小小。苏小小的名气越来越大了，许多人都认为，能与她对坐清谈是一种荣幸。虽然有人把她看成一个待客的烟花女子，还有人把她称之为诗妓，但实际上她与那些卖身为生的女子是不一样的。

阳春三月，湖光潋滟，鸟语花香，令人心醉。午后，苏小小打扮得十分漂亮，和贾姨乘上油壁车，环湖游玩赏春。小小的香车夹杂在踏青的人群之中，她猛然看见前方一位翩翩少年，眉清目秀，唇红齿白，年龄大约十八九岁，胯下一匹青骢马，特别耀眼。小小不觉心动。正思忖之间，她的目光同那人目光相聚一处，小小忽然感到一阵羞涩。男子看眼前的女子竟是那般娇媚动人、花容月貌，如云中仙子，他心醉神迷。这名男子叫阮郁，是朝中显宦阮道之子，他非常向往钱塘湖的景致，得到他父亲同意，独自从京城奔赴而来，在这湖堤边与苏小小不期而遇，心中感慨油然而生。当苏小小的车擦肩而过后，阮郁勒转马头，一路紧跟不舍。苏小小在那一刹那也看清了对面而来的马上公子，见他神情洒脱，眉清目朗，十分心怡。又见他随车而来，心中大喜，于是高声吟道：

妾乘油壁车，朗骑青骢马；何处结同心？西泠松柏下。

阮郁一听即明白是邀他的情诗，佳人如此盛情怎可辜负？西泠桥畔的苏小小，当时有几人不知？阮郁很快打听好她的住所，第二天午后，他整装赴约。坐对名花，心灵交融，岂不是人生一大快乐之事！绕过西北湖滨，穿过松柏浓荫，沿着林间小径，带着精美的珠玉为见面礼，直达西泠桥畔苏小小门前。阮郁把马系在树下，上前轻轻叩门。

苏小小游湖回来后心事重重，茶不思饭不想，贾姨早已猜中了几分，她已在门口等候。见阮郁一来，便请进屋入座，奉上香茗，进内屋告诉苏小小。阮郁闲坐着四周观望，只见室内布置雅洁朴素，墙上挂着字迹娟秀的屏轴，架上排着成堆的书卷，窗下矮几上置一古筝，处处光洁，一尘不染，足以显示出主人的清雅风格。阮郁不由得对苏小小又萌生了几分敬意。这时，苏小小从内室淡妆素抹，低眉含笑出来，她与昨日的明艳判若两人。两人相互见过礼后，对面而坐。谈诗论文，十分投机，双方均相见恨晚。

在不知不觉中，窗外已是暮霭沉沉，二人却话题不断，均有些许不忍道别的心情，于是又继续品茶论诗，直到夜深人静。

阮郁本心就舍不得离去，就借口回城的道路幽暗曲折，惟恐迷失。苏小小只好将他留宿于客房。

夜已深，阮郁在松软的床上却翻来覆去睡不着，索性披衣起身，踱到院中。一走出门，他就发现院中已站着一人，仔细端详，原来是苏小小。她洗尽了铅华，一身素衣，站在那里仰头望着天上皎洁的满月，两颗晶莹的泪珠挂在她长长的睫毛上。阮郁一见，心中怜爱之情油然而生，他悄悄上前，伸出两臂，拥住了苏小小柔软的身躯。苏小小其实早已察觉，她一动不动地闭上眼睛，静静偎在阮郁温暖的胸前。阮郁抱起苏小小走入卧房，度过了温馨缠绵的一夜。令阮郁惊异的是，这个名满钱塘的诗妓，竟然还是一个璞玉未雕的处女之身！这更加深了他的疼爱之心。

从此，二人如胶似漆，形影不离。每天不是在画舫中对饮倾谈，游览湖中绮丽的风光；就是一个骑着青骢马，一个乘坐油壁车，同去远近山峦观赏如画美景。无数擦身而过的游人都羡慕这郎才女貌的一对恩爱"小夫妻"。

他们恩恩爱爱，如胶似漆，只羡鸳鸯。这种幸福的日子，不知不觉过了三个多月。然而，萍水的姻缘毕竟是缺乏根基。一日，阮郁的随从递给他一封家书，苏小小见到他看过之后，脸色大变，心中一阵纳闷。原来，阮郁的父亲在建康听说儿子在钱塘与妓女混在一起，非常生气，想把阮郁叫回去。见阮郁满面焦虑又无可奈何的样子，小小心中就明白了几分。她斟上一杯茶，递给阮郁："郎君，想家中一定有急事吧?"阮郁说："家父亲笔书信，说朝中有变故之事，叫我赶快回去，芳卿，你看我怎样办才好?"苏小小年纪虽小，却阅人已多，又是知情达理之人。她明白世上像这样遭遗弃的大有人在，更何况她是一个如此身份的女子，不管是不是托辞，看来阮郁是一定要离去的，她抑制住那颗跳动的心。"郎君，事已至此，你赶快打点行装，赶赴京城吧! 不要惹父亲动怒。可叹我俩半载同欢，感情、恩爱之深，令人难以忘怀。"两人缠缠绵绵，难舍难分，并肩来到窗前，望着那满含秋色的湖水，两人眼眶里充满了热泪。阮郁安慰苏小小道："待我家事处理完后，一定火速归来，再同芳卿欢聚。"

有了与阮郎的那一段幽情，苏小小再也无心倾情与谁了。她在家闭门不出，整日仰头企盼，等待情郎的归来。一个月过去了，仍不见情郎的踪影;一年过去了，连一点音信也没有了。苏小小由渴望、失望到绝望，终于病倒在床上。贾姨为了给她宽心，仍然邀请了许多昔日的客人与她谈心，而她与客人仍然仅限于品茗清谈，偶尔置酒待客，或献上一曲清歌，绝不留宿客人。好在能在这里登堂入室的客人也都是文雅之士，并不会有过分的要求。

有一天，秋高气爽，红叶满山，苏小小有一天又乘油壁车出游。在湖畔她见到一位书生，模样酷似阮郁。苏小小为之怦然心动，于是停下车来询问，只见他衣着寒酸，神情沮丧。见一位美丽女子，神态充满关切地问话，他非常拘谨地相告："小生姓鲍名仁，家境贫寒，读书荒山古寺之中，准备入京应试，无奈盘缠短缺，无法成行。今考期临近，我只能望湖兴叹！”

苏小小觉得眼前这位书生貌似阮郎，就决心资助他。于是不避嫌疑地说："妾见君丰仪，必非久居人下的人，愿倾囊相助，也能验证一下妾的眼光。"鲍仁感动不已。苏小小变卖了一些贵重首饰，给鲍仁打点了行装，送他上路，鲍仁频频叩谢，感激地说："芳卿之情，铭记在心！待我有成之日，必来叩谢恩人。"苏小小送走了鲍仁，她深深明白自己对他的帮助，只是由于自己仍然思念阮郁之故，并不希望他有什么报答。但愿能早日得到他成功的好消息。

苏小小就像一朵高洁溢香的梅花开在西泠桥畔，虽然后来赏花者甚多，然而让她倾心的却寥寥无几。就在她二十四岁那年的春天，苏小小因受了些风寒，调治不及，加上心境的忧郁，在对阮郁的等待、思念及怨恨之中，香消玉殒，魂飘九霄了。临终时她对乳母贾姨说："我别无他事，一生交如浮云，情似流水。只有一个心愿：生于西泠，死于西泠，埋骨西泠，这才不负我一生对山水的喜爱。"

这时鲍仁已金榜题名，奉命出任滑州刺史，他专门赶赴西泠桥畔来答谢苏小小，他没有料到却赶上苏小小的葬礼。鲍仁白衣白冠抚棺大哭，继而遵照苏小小对贾姨的嘱托，把她安葬在离西泠桥不远的山水极佳处，墓碑上刻上了"钱塘苏小小之墓"。后来，很多到钱塘的文人骚客都自愿到苏小小墓前凭吊，于是当地人在她的墓前修建了一个

"慕才亭"，为来吊唁的人遮蔽风雨，亭上题着一副楹联：

千载芳名留古迹，六朝韵事著西泠。现桥、亭犹在，墓已在历史的风霜中毁灭。

当爱的季节来临了，就去深情与热烈地与它相拥吧，不论是遭遇爱的伤痛、挫折、无奈……或是品尝了爱的喜悦、幸福……无论怎样，你都必须将爱情进行到底，因为人的天性中有爱。爱情的美酒是甘醇的，但它绝不是生活的全部。女人恋爱的时候，千万要睁大眼睛，在观察未来的伴侣时，不仅要观察他的现在，还应该将他若干年后可能的品行、行为模式和价值观都考虑进去。真正的爱情，是一个人灵魂的相守，而不是他（她）的身体。所以，"海枯石烂"、"地老天荒"之类的誓言并不都是痴人说梦。如果遭遇了失恋，并不是说世界一下子暗了下来，生活中依然有花在含笑绽放！不要在寂寞中长久地抚摸心口的创伤，不要让胸腔里发出声声叹息，更不要再追念失去的欢快，那将使自己更加疲惫和痛苦。既然"失去"了，就让它平静地过去吧！

爱情是一种锻炼灵魂的意念，人人都能从中受益。承受住失恋，往往能从失恋中获利。得其精髓者，人生则少有挫折，多有收获。爱情像天空的云朵，变幻无常。而你所要做的就是抛去失恋的悲苦，放下负担，轻装上阵，去找寻属于你的一份真爱。

劝君莫惜金缕衣，劝君惜取少年时
——杜秋娘的折花岁月

金缕衣

杜秋娘

劝君莫惜金缕衣，劝君惜取少年时。
花开堪折直须折，莫待无花空折枝。

简 析

大意是说少壮不努力，老大徒伤悲。劝君莫惜区区金缕衣，求欢须趁少年时，以免到老欲爱而不能之憾。

"金缕衣"用金线织成的衣服，喻华丽的衣服。"劝君莫惜金缕衣，劝君惜取少年时。"是说劝你不要只顾珍惜金缕衣，因为金缕衣虽贵，但终有破旧之日，不足深惜。劝你应珍惜年少的时光，因为少年时光一去不返，要好好利用。"花开堪折直须折，莫待无花空折枝。"是说花朵盛开可以攀折时，就应把它折取下来，不要等到它凋谢以后，再去攀折空无所有的枝头。以花来比喻，花开时正须折取，喻少年时也应努力，及至花谢剩空时，再想要折取，就来不及了。比喻年纪大时再想回到少年时光，是不可能的事。

杜秋娘即杜秋，她虽然出身微贱，却具天地的灵秀，出落得美慧无双，不仅占尽了江南少女的秀丽妩媚，而且能歌善舞，甚至还会写诗填词作曲，作为歌妓，她曾风靡了江南一带。她十五岁时，艳名被镇海节度使李锜所闻，李锜设法以重金买入府中充任歌舞姬。一般的歌舞姬都是学一些现成的歌舞，为主人表演取乐。然而，杜秋娘虽然人小，但心气很高，她不甘心埋没在李府成群的舞姬中。她暗自思量，自己填词并谱了一曲"金缕衣"，在一次李锜的家宴上，声情并茂地演唱给李锜听。李锜此时已年过半百，却也雄心不减，当他听了杜秋娘唱的一曲"金缕衣"，心中的欲火不禁被煽动起来。在他看来，这小曲充满了挑逗，虽然他已不是"少年时"，但临近暮年，似乎更要抓住美好年华的尾巴，及时享受生命的乐趣。这小女子简直太知他的心思了！

顿时，李锜对杜秋娘大为欣赏，当时就决定把她收为侍妾。李锜与杜秋娘成了一对忘年夫妻，因两人都热情如火，所以春花秋月中，这对老夫少妻，度过了许多甜蜜醉人的时光。

这时唐德宗驾崩，李诵继位为顺宗，顺宗因病体不支，在位仅八个月就禅位给儿子李纯，也就是唐宪宗。唐宪宗年轻气盛，一登基就决心扭转国内藩镇割据的离散形势，因而采取强制手段，试图削减节度使的权利。身为节度使的李锜为之大为不满，他依仗手中的兵力，举兵反叛朝廷，在朝廷大军的镇压下，叛乱很快平息，李锜也在战乱中被杀。杜秋娘因此入宫为奴，仍旧充当舞姬。

杜秋娘虽再次沦为歌舞姬，然而她十分有心。她趁着为唐宪宗表演的机会，再一次卖力地演出了那首"金缕衣"。唐宪宗李纯这时正是青春"少年时"，曲中那种热烈的情绪深深感染了他。再看那演唱的女子明艳而雅洁，气韵在众佳丽中别具一格，他不禁为之心动。得知此曲还是这位美丽的女子亲自创作，料定她的才情也不一般。不久，杜秋娘被唐宪宗封为秋妃。

作了秋妃的杜秋娘深受宪宗宠爱，她的一笑一言，一举一动，都别有风韵，令年轻的宪宗为之沉醉。春暖花开时，他们双双徜徉于山媚水涯；秋月皎洁时，又对对泛舟高歌于太液池中；午休人寂时，共同调教鹦鹉学念宫诗；冷雨凄凄的夜晚，同坐灯下对弈直到夜半。二人情深意挚，颇似当年杨贵妃与唐玄宗的翻版。然而，杜秋娘又高出一筹，她不仅与宪宗同享人间欢乐，而且还不落痕迹地参与了一些军国大事。用她的慧心和才智，为宪宗分忧解劳。

唐宪宗执政之初，由于锋芒凌利，对藩镇采取强压手段，引起藩镇纷纷的不满。后来番邦犬戎侵犯大唐边境，宪宗对藩镇施以宽柔政策，不但抵御了外侮，而且取得了本土的安定，使唐室得到中兴。宪宗之所以能及时转变态度，除了大臣的建议外，重要的还是靠秋娘枕边风的吹拂，她以一颗女性的柔爱之心，感化着锋芒毕露的唐宪宗。国家太平后，手下有大臣劝谏唐宪宗用严刑厉法治理天下，以防再度动乱，这建议颇合宪宗的性格；但杜秋娘得知以后却对他说："王者之政，尚德不尚刑，岂可舍成康文景，而效秦始皇父子?"她的见识深远，入情入理，让唐宪宗不能不信服，也就听从了她的意见，以德治天下。

这样一来，杜秋娘在唐宪宗身边，似乎既是爱妃、玩伴，又是机要秘书，几乎占据了宪宗的整个身心，使宪宗对其他佳丽几乎不屑一顾。当国家逐渐平定昌盛之后，宰相李吉甫曾好意劝唐宪宗可再选天下美女充实后宫，他说："天下已平，陛下宜为乐。"唐宪宗此时还不到三十岁，而宪宗则自得地说"我有一秋妃足矣！李元膺有'十忆诗'，历述佳人的行、坐、饮、歌、书、博、颦、笑、眠、妆之美态，今在秋妃身上均可见，我还求什么？"从这里可见秋娘深得唐宪宗的专宠。幸而她是个深明大义的女子，虽然拴住了宪宗的心，但并没使他沉溺于享乐而忘却国事，相反的倒是潜移默化地帮着他治国安邦。这种夫唱妇随，同心协力的日子，又岂是一般的"折花"之乐。

不料，元和十五年新春刚过，唐宪宗就不明不白地驾崩于中和殿上，年仅四十三岁，正值年盛体强之时。有人说宪宗是服食长生不死金丹中毒身亡，也有人说是内常侍陈弘志蓄意谋弑。然而当时宦官在朝中势力庞大，也就没有人敢往下追究了。二十四岁的太子李恒在宦官们的拥戴下嗣位为唐穆宗，改元长庆。而唐穆宗李恒是个好色荒淫的皇帝，即位后，很快就沉迷于声色游乐之中，藩镇相继发生叛乱，河朔三镇再度失守，他都不闻不问。已做保姆的杜秋娘则在一边冷眼旁观。此时，进宫十二年，年已三十多岁的杜秋娘，在宫廷中颇有声望，而且朝中重臣也对她相当敬服，所以皇帝的更迭，政治的风暴，并没有影响她的地位，在某些军国大事上，唐穆宗还经常要听取她的意见!

后来，杜秋娘被派为穆宗之子李凑的保姆，负责皇子的教养，杜秋娘自己没有孩子，便把一腔慈母之爱倾注到李凑身上。长庆四年，不满三十岁的唐穆宗竟又莫名其妙地一命呜呼；年方十五的太子李湛继位为唐敬宗，改元宝历。这位小皇帝童心未泯，性躁贪玩，特别喜欢击毬的游戏和在深夜里捕猎狐狸，天天带着一班宦官伴臣东游西荡，花样百出，还不时地发一顿小皇帝脾气，无缘无故地将身边人痛打一顿，根本谈不上操心国事。宝历二年腊月冬寒，唐敬宗夜猎回宫后，又与宦官刘克明及击毬将军苏佳明等一伙人在大殿上酣饮。夜深酒醉，唐敬宗入室更衣，殿上灯火忽然被一阵狂风吹灭，待再点亮时，人们发现小小年纪的唐敬宗被弑于内室，这时他还不过十七岁。紧接着，枢密使王守澄又与宫内宦官内外相结，保举唐敬宗的弟弟江王李昂入宫，成为唐文宗。因文宗年幼不更人事，朝廷大权实际落在一帮大臣和宦官手中。

这时，李凑已被封为漳王。杜秋娘眼看着李家皇帝一个个被宦官所弑，又一个个在宦官操纵下登基，简直成了宦官手中的玩偶，心中十分不平。于是，在杜秋娘的悉心调教下，李凑养成一副有胆识的个性，并立志要作一个有所作为的君王。眼看时机即将成熟，杜秋娘周密筹划，与朝中宰相宋申锡密切配合，企图一举除掉王守澄的宦官势力，废掉文宗，把李凑推上皇帝宝座。无奈宦官的耳目众多，虽然杜秋娘的计划十分隐秘，仍然被人探知。好在没有什么把柄落在他们手中，自然没有得到什么处置，结果李凑却被贬为庶民，宋申锡则谪为江州司马，而杜秋娘削籍为民，放归故乡，结束了她一生绚彩的"折花"岁月。

自古女子的命运多掌握在别人手中，而出身微贱的杜秋娘，却敢于凭着自己的才智向命运挑战，为自己赢得幸福的人生，可谓是一种灿烂。

爱情有时候会遇到残忍。虽说胜者为王，然而懂爱的女人常会输得很惨。感情被转账，激情被透支掉，爱情是待价而沽的商品。那么，最安全最合时宜的方式，莫过于和自己厮守了。人的一生只能遇到一次真的爱情，它不需要演习，来了就是来了，遇到了就是遇到了。一份真的爱情是纯洁的，不允许有一点点玷污。它使人的精神为之一振。

爱情，有时会令人沉沦。然而，爱和怀念是两码事。爱是诱惑，爱是无法抵挡的致命诱惑，爱也会给你抗拒诱惑的力量。世上很多东西是不能挽回的。越是害怕失去的人就越容易失去。比如旧梦，比如青春，比如曾经一个人给你带来的某种感觉。放弃所爱是一种痛苦，失去才知道最可贵。真的要失去，才知道爱情是如此珍贵。在拥有的时候就要好好珍惜。上天早就注定了缘分的短长，开始时便有了结束。

爱情是神圣的、更是伟大的。当人们踏进美丽的爱情漩涡时，会懂得享受它。在寻寻觅觅中找到了心仪的人，是种缘分，是种心情。为他朝思暮想，费尽心机，彼此若即若离。品尝爱情的甜蜜。似乎找到了心灵的共鸣。在相互交往中，心动着，用全身心的精髓换得真心相爱。刻意地表现自己无拘无束，缘分来了想挡也挡不住。把握机遇，珍惜眼前人，便是留住爱情的首要。爱情的一步步都值得矢志不渝。爱情的到来，就是幸福的开始。此生当珍惜。

身无彩凤双飞翼　心有灵犀一点通
——李商隐的绝望恋情

无　题

李商隐

昨夜星辰昨夜风，画楼西畔桂堂东。
身无彩凤双飞翼，心有灵犀一点通。
隔座送钩春酒暖，分曹射覆蜡灯红。
嗟余听鼓应官去，走马兰台类转蓬。

简　析

　　昨夜，天上闪烁着星辰，地上阵阵微风，在画楼之西，桂堂之东，咱们二人会面。我恨身上没有彩凤一样的双翼，能随时飞到你身边，幸好，你我的心（就像神异的犀牛的两只角一样，中间有一条线连着）每时每刻都是相通的。还记得最初相识，是喝着温热了的美酒，做藏钩游戏，我隔座把玉钩传递给你来藏。后来，还几人分成组，在红色的灯影里猜谜。可叹的是，这时早晨的更鼓响了，我不得不进宫去应付差事。

这是一首纯洁的爱情诗。是李商隐追忆初恋情人宋华阳所作，他们的恋情仿佛就发生在昨天，像天空的星辰那样璀璨美丽，如炎夏中的凉风拂面而来。当年宋华阳年轻美丽，聪慧多情，与他一见钟情，两人双双坠入情网。作者从追忆昨夜回到现实，引出了诗人复杂微妙的心理：如此星辰已非昨夜，我为谁风露中立通宵。可叹自己漂泊不定，又不得不匆匆走马兰台，开始寂寞乏味的事务。诗人描述了事件与场面来突出自己的内心活动，展现了诗人与情人在一起的时间太过短暂，所以，颇为感慨，十分无奈。全诗跳跃变幻，感情真挚，情意深长，形象动人。

李商隐生在晚唐，身处牛李党争的政治漩涡中，终身潦倒，郁郁不得志。而他的诗却一点不露末世悲凉之意，没有一味地自伤自怜，他的爱情诗更是极具色彩，源于他的感情故事的真实。在浩如烟海的唐诗中，情诗当首推李商隐，他当之无愧地独占鳌头。

太和九年（835 年），李商隐二十三岁，上玉阳山东峰学道。在王屋山主峰玉阳山有东西对峙的两座山峰，其上各有一座道观，东玉阳山叫灵都观，西玉阳山叫清都观。李商隐学道，与唐朝崇道之风盛行关系密切，唐朝皇帝为了将李姓视为神名，就说是太上老君李耳的后裔，形成了唐代"扬道"的宗教风气。皇族宗室子弟要派去修炼，因此，当时的士大夫李商隐也在这种风气影响之下跑去学道。

李商隐刚去玉阳山学道时，是极其认真的。他对道家经典《道藏》下过苦功，甚至他后来所写的情诗中，有很多语句和隐喻都来源于《道藏》。不过世事正如老子所说的"福兮祸所倚，祸兮福所伏。"天资聪颖的李商隐在沉迷典籍研究的同时，对于房中术也有了很深的理解。他正当青年，春心萌动，对男女之事心向往之。恰在此时，邂逅了年青美丽、聪慧多情的宋华阳。宋华阳是侍奉公主的宫女，随公主入山修道，住在玉阳山西峰的灵都观里。没想到她道心未成，爱情却不期而至。因和李商隐常在两峰之间穿梭往来，二人双双坠入了情网。李商隐和宋华阳心知彼此的感情是超出常规的爱恋，不为礼教和清规所容许，虽然当时公子王孙借着学道的名义私下里偷欢者屡见不鲜。但清规戒律只能为特权阶级大开方便之门。俗语说，"只许州官放火，不许百姓点灯"，人间的不平也正在于此。

但是，偷欢的那种新鲜激情让他们如胶似漆，难分难舍。这不走寻常之路所领略到的爱情对两人来说可谓难言的美妙。在短暂的欢娱之后，两个人又感到深深的落寞。正如李商隐所写"相见时难别亦难"。被迫压住的情欲爱火，分外热烈，在每一个约会的夜晚，他们都如飞蛾扑火一样尽力地释放自己。然而在分离时分，又不得不黯然拥抱着对方。天将破晓，又将别离，当窗隔座，相对黯然，见良时已逝，星沉海底，不免怅然。李商隐看着窗外的冰轮皓月，抚着宋华阳的脸感伤地叹："若是晓珠明又定。一生长树水精盘。"这时候的宋华阳依偎在他的怀里，轻轻垂泪。天将晓，情未央。独看，长河渐落，晓星沉。爱得深切时，她是他眼中至高至洁的明月，又像是那月中的嫦娥一般。所以情愿明天的太阳永远不再升起，他与她就此沉沦在黑暗里，留住手指间爱的良辰美景。

两人的情事最后因宋华阳怀孕而大白于天下，李商隐被驱逐下山，宋华阳被遣返回宫中。这造成了他们永远的别离。时间可磨损情感，时光不可磨损爱，李商隐对于曾经沧海的深爱，很难忘却。李商隐虽是情深恋旧的诗人，可是，他和宋华阳的隐秘恋情实在不可以宣扬。于是，他引用道教中"秘诀隐文"的表达方式来抒发自己的思念之情。他的很多诗意更加清灵深远，让后人多了许多猜测和揣度。他应该了解，对这段恋情，宋华阳当是无悔的，正如他自己也未曾悔过一样。后来，李商隐为宋华阳写了很多诗。其中包括著名的《锦瑟》。

锦瑟无端五十弦，一弦一柱思华年。庄生晓梦迷蝴蝶，望帝春心托杜鹃。沧海月明珠有泪，蓝田日暖玉生烟。此情可待成追忆，只是当时已惘然。

他对月长叹，只是因为"此情可待成追忆，只是当时已惘然"。以此来怀念那个不知最终结局的美丽女子。她是否和嫦娥一样被深锁广寒宫中呢？如果能寂寂终老一生也是她的幸运了。

执著的爱恋和绵长的相思，都成了南柯一梦。这一段既缠绵沉痛，又极其真诚的恋情在李商隐的心灵深处留下了永久的伤痛。他的一生都在这段回忆中怅惘与悲哀着。直到李商隐晚年，还设法在长安与宋华阳相见。即使在告别爱情的时候，也希望自己爱着的她一切都好。也许对方不再爱你的时候，只是因为他不能再爱你了。李商隐后来与妻子王氏清贫自守，而宋华阳却不知所终。

　　爱情是人生不可缺少的一部分，它拒绝虚情假意。纯粹的爱情是付出后不需要任何回报的，即使自己伤得遍体鳞伤，也绝不后悔。爱情或许只是一种怀念？一种期盼？一种幻想？或是一种难以排遣的抑郁？现在拥有的也许明天就会失去，在失去之后，是否会和现在一样对过往满怀眷恋呢？不曾得到时是何等美丽，那种让人神思梦绕的美丽。爱情正如人们不停追求的那种美丽，不同的美丽总在眼前摇摆不定，让人手足无措。每个人的追求是不尽相同的。有的人喜欢浪漫，有的人喜欢才华，有的人喜欢物质，有的人则喜欢肌肤相亲。

　　每个人对"爱情是什么"这个问题都会说出不同的答案，因为每个人的感觉都是不同的。爱情是一种感觉，用任何的语言来装饰它都是不恰当的。因为它是两个相爱的人之间的一种感应。有许多人一辈子也不会感受到爱情，但他们还是会幻想那种感觉。爱情是要自己亲身去体会和感受的，不是言语能表达得了的。爱情仅仅是一种感觉，是在拥有的时候让人快乐，失去的时候使人痛苦的感觉。没有了感觉也就不能称之为爱情。爱情是快乐与悲伤的综合体；爱情是甜蜜与痛苦的代名词。爱情有时很美很美，它像一朵带刺的玫瑰花，将人心刺伤。当心流出了血，就再也不会愈合了，必将在夜深独处时黯然神伤。

问君能有几多愁，恰似一江春水向东流
——李煜与小周后的生死悲怆

虞美人

李煜

春花秋月何时了，往事知多少。

小楼昨夜又东风，故国不堪回首月明中。

雕阑玉砌应犹在，只是朱颜改。

问君能有几多愁，恰是一江春水向东流。

简 析

这是李煜的一首脍炙人口的佳作，刻画了强烈的故国之思。全词以问起，以答结；由问天、问人而到问自己，使作者的愁思贯穿始终，形成沁人心脾的美感效应。

"春花秋月"多么美好，作者却殷切企盼它早日"了"却；小楼"东风"带来春天的信息，却反而引起作者"不堪回首"的嗟叹，因为它们都勾发了作者物是人非的惆怅，衬出他囚居异邦的愁苦。"一江春水向东流"，是以水喻愁的名句，含蓄地显示出愁思的长流不断，无穷无尽。

结句以富有感染力和象征性的比喻，将愁思写得既形象化，又抽象化：作者并没有明确写出其愁思的真实内涵——怀念昔日纸醉金迷的享乐生活，而仅仅展示了它的外部形态。这样人们就很容易从中取得某种心灵上的呼应，并借用它来抒发自己类似的情感。因为人们的愁思虽然内涵各异，却都可以具有"恰似一江春水向东流"。

　　历史上的五代后期南唐国主李煜，后人称为后主。他年少聪颖，相貌清雅，好诗词书画音律，才华横溢。李煜在位之时，从不关心国事，每日谱词度曲，以风流自命。春天到来时，他将殿上的梁栋窗壁、柱拱阶砌，密插各种花枝，称之为"锦洞天"。他还命令宫里的妃嫔，都绾高髻，鬓上插满鲜花，在锦洞天内饮酒作乐。

　　这样的享乐一年又一年，转眼到了七月七日乞巧夜，又是李煜的生日。李煜在碧落宫内，张起八尺琉璃屏风，以红白罗百匹，扎成月宫天河的形状。又在宫中空地上，凿金做莲花的样子，高度达到快到六尺，用各种珍宝来装饰。布置完毕以后，只见一座月宫出现在人间，银河横亘在上面，四面悬着多盏琉璃灯，照得里外通明。月宫里面，有无数歌妓，身穿霞裾云裳，扮成了仙女模样，执乐器奏《霓裳羽衣曲》，声音清脆响亮，怡神悦耳。好像真的到了月宫一样。周皇后连声称赞道："陛下，您可真是巧思构想，他人必不可及！这样一布置，与天上的广寒宫一般，如果被嫦娥仙子知道了，恐怕也要奔下凡间来，参加这个盛会了。"李煜含笑说："唐人有诗：'嫦娥应悔偷灵药，碧海青天夜夜心。'嫦娥虽居月宫为仙，也难免有寂寞凄凉之感，哪里比得上朕与卿，身在凡间，反可以朝欢暮乐呢！"

说笑间，李煜与周后开怀畅饮，直至天色已明，方才席散。不料周后在七夕夜间，多饮了几杯酒，忽然生起病来。李煜十分着急，召周后的家人入宫探视。周后的父母携带次女，入宫问候。周后留家人在宫中多住数日，待自己病愈后再回去。周后的母亲因家事繁多，不能不回去，只留下次女在宫内照应。小周氏秀外慧中，才色比周后更称得上佳妙。李煜见过之后，即在暗中垂涎，不由得生起一箭双雕的主意。只因为没有理由亲近，只有心中羡慕。现在小周氏居住宫中，近水楼台，他于是命心腹宫人，将小周氏引诱到后苑红罗小亭里面，逼着她勉承雨露。

这红罗亭是李煜在群花之中建筑的，装饰着玳瑁象牙，雕镂得极其华丽，榻上铺着鸳绮鹤绫，锦簇珠光，生辉焕彩。只是面积狭小，仅可容两人休息。李煜遇到美貌的宫女，便引到亭内，所以亭中备有床榻、锦衾绣褥等用品。宫女把小周氏引入之后，转身退出。小周氏见内中地方虽小，却收拾得金碧辉煌，备有珊瑚床，悬着碧纱帐，锦衾高叠，绣褥重茵，有一男子正端然坐在床上，看穿着打扮，猜定是皇帝李煜。小周氏不觉红潮晕颊，羞惭无地，慌忙转身，用手开门，哪知这门闭得十分坚牢，用尽气力也不能打开。李煜却已握住了小周氏的纤手。小周氏无处可以藏身，只得含羞说："陛下请放尊重些。如果被我姐姐知道了，我的颜面何存。"李煜笑道："自古风流帝王，哪一个不是惜玉怜香的？更何况，此处非常秘密，宫人们不奉传宣不敢擅入，一定没有泄漏的道理，你尽管放心。"

小周氏长得玉貌花容，慧质兰心，常常对镜自怜，深恐自己具有这般才貌，将来落于庸俗人的手内。又见姐姐嫁给皇帝，被册立为后，做了南唐的国母，享不尽的欢娱快乐，心里本来就羡慕；现在她见李煜看中了自己，软语温存，愿效鸾凤，芳心早已许可，却不得不佯装出娇羞的样子，故意推却。经李煜再三央告，也就半推半就顺从了。李煜是个风流天子，得到小周氏这样的美貌佳人，与自己有了私情，心中得意非凡。于是又借诗抒情了，便填了《菩萨蛮》词一阕，把自己和小周氏的私情，尽情描写出来。词中道：

"花明月暗飞轻雾，今宵好向郎边去。划袜步香阶，手提金缕鞋。画堂南畔见，一晌偎人颤。奴为出来难，教郎恣意怜！"

这阕词填得十分香艳，被宫人妃嫔纷纷传唱去了。李煜和小周氏的暧昧事情，连民间也知道，传为风流佳话。幸亏周后病卧在床，不知道这件事。李煜偏偏不谨慎，每天和小周氏在红罗小亭里歌唱酣饮。李煜亲执檀板，小周氏歌声婉转，月明风清，良辰美景对佳人，就是天上的神仙，也比不过。一天，李煜见小周氏饮了几杯酒，略带微醺，柳腰纤纤，玉肩双削，樱唇微启，香气扑鼻。他不禁趁着酒兴。写了一阕《一斛珠》的词，更把自己和小周氏饮酒歌唱，及平日间的情趣一齐描写出来。

李煜只在红罗亭内日夕取乐，早把众妃嫔抛在九霄云外。那些妃嫔遭到了李煜这样的冷落，未免心怀怨意，恰巧李煜填了这两阕词，把所有的私情，都真实描写出来。就有妃嫔借着探问周后疾病的名目，来到中宫，把两阕词作为证据，将李煜与小周氏的私情，一齐告知周后。

周后正在病中，心内又气恼，又怀着一股妒意，顿时病势加重起来，从喉中吐出一口鲜血，立刻昏晕过去。过了半晌才悠悠醒转，长叹一声，喘息不已。周后经此一气，疾病愈加重，不上数日，竟自撒手尘寰。李煜见周后亡故，传旨从厚殡殓，附葬山陵，谥为昭惠皇后。过了些时，便立小周氏为皇后。

小周后爱绿色，所服的衣装，均为青碧，艳妆高髻，身服青碧色的衣服，群裙飘扬，逸韵风生，妃嫔宫女见小周后身穿青碧之裳，飘飘然有出尘之气质，便都效仿小周后，争穿碧色衣裳。宫女们又嫌外间所染的碧色不纯正，便亲自动手染绢帛。有一个宫女，染成了一匹绢，晒在苑内，夜间忘了收取，被露水所沾湿。第二天一看，颜色却分外鲜明。李煜与小周后见了，都觉得好。此后妃嫔宫女，都以露水染碧衣裳，称为"天水碧"。

李煜与小周后寸步不离，视六宫粉黛如尘土。小周后不但相貌生得美丽，并且知书识字，素擅音律，较之已故的大周后尤为精妙。她好焚香，自出巧思制造焚香的器具。每天垂帘焚香，满殿氤氲的芬芳。小周后坐于其中，如在云雾里面，望去如神仙一般。但在安寝时，帐中不能焚香，恐怕失火，所以用鹅梨蒸沉香，置于帐中，香气散发出来，

此情可待成追忆——传说中的爱恨情愁

其味沁人肺腑，令人心醉。沉香遇热气，其香方始发出来，现在用鹅梨蒸过，置于帐中，沾着人的汗气，所生之香，便变成一股甜香。小周后取了一个名，叫"帐中香"。

李煜将茶油花子制成花饼，大小形状各不相同，命宫里妃嫔淡妆素服，缕金面容，用花饼在额上施画，起个名字叫"北苑妆"。自从李煜创了"北苑妆"以后，宫中的妃嫔，一个个一改浓妆艳抹，都喜爱穿缟衣素裳。她们鬓插金饰，额头画着花饼，行走起来，衣角飘扬，远远望去，就像月宫里的仙女一样，别具风韵。

李煜与小周后日夜研究，把茶乳做成片，制出各种香茗，烹煮起来，清芬扑鼻。李煜将外夷出产的芳香食品，通统汇集起来，或烹为肴馔，或制成饼饵，或煎做羹汤，多至九十二种，都是芬芳袭人，入口清香。李煜对于每种肴馔，亲自题名，刊入食谱。命御厨师将新制食品配合齐全，备下盛筵，召宗室大臣入宫赴筵，名叫"内香筵"。李煜在夜间不点蜡烛，宫殿都悬挂着夜明珠，到了晚上，夜明珠放出的光如同白昼。

李煜只图歌舞酣宴，却不知宋太祖已出兵平了南汉，正调将遣兵，训练水师，预备荡平江南。李煜听说南汉灭亡的消息，震恐异常，便上表大宋朝廷，愿去国号，改为南唐国主。宋太祖命李煜入朝。李煜推说有疾，不肯入朝。宋太祖便借口说李煜违逆，心怀异志，命曹彬领兵十万，即日南下攻取南唐。

南唐的守边将士毫无防备，都纷纷弃城逃走了。宋军战无不胜，攻无不克。李煜却在宫内召集僧道，诵经烧香，祷告神灵保佑，甚至亲自写疏祀告皇天，立愿宋师退后造佛像若干。最后李煜没法可施，只得命徐铉驰赴汴京，面见宋太祖，哀求罢兵。徐铉说尽千般好话，宋太祖无奈，只好调侃道："卧榻之旁，岂能任他人酣睡。"李煜知道已是山穷水尽，只得率领臣僚，到军前投降。曹彬将李煜一行押往汴京。宋太祖封李煜为违命侯，并封小周后为郑国夫人。宋太祖去世后，太宗即位。又加封李煜为陇西郡公，与小周后在赐第内居住。此时，李煜只能拿着一枝笔，吟风弄月，做几首华瞻哀怨的诗词。每当朝见太宗的时候，李煜总是垂头丧气不开口。太宗不如太祖厚道，表面上优待，见李煜的样子，便疑心他有怨望，暗中命人监视李煜。却暗地里打上小周后的主意。宋太宗开始有事没事就以皇后的名义宣小周后进宫。

又一年元宵节，小周后再次入宫，过了很多天都不见回来。李后主急得像热锅上的蚂蚁，在家中哀声叹气。走来踱去，要想到宫门去问，又不敢私自出去，只得眼巴巴地盼着小周后回来。一直到正月将尽，小周后才回来，后主如获至宝，连忙迎入房中，赔着笑脸，问她何以今日才回宫。小周后一声不响，只将身体倒在床上，掩面痛哭。李后主一见料定必有事故，待到夜间，小周后哭哭啼啼指着后主骂道："都是你当初只图快乐，不知求治，以致国亡家破，做了俘虏，使我受此羞辱，你还要问吗?!"李煜明白了一切。言谈之间从此常露出些怨恨。他是个书呆子，讲话又不知避嫌。那些话渐渐传到宋太宗耳朵里。

可以说，李煜是一个多才多艺，情感丰富的人。国家的灭亡是大势所趋，绝不是李煜一人所能抗拒的。小周后入宫时年龄只有十三四岁，被李煜这个大才子深深吸引，是情理中的事。因为她年幼，十分清纯，李煜才对她倍加珍爱。这种超越世俗的男女之爱，使两个人不论何时，都不改变初衷，生生死死，都为了一个"情"字。又到了七月七日李煜的生日。他忆起在故都的时节，群臣祝贺，赐酒赐宴，歌舞欢饮。现在孤零零的夫妻二人，只比囚犯少了脚镣手铐，伤感异常，触动愁肠，一齐倾泻出来。于是，他先是填了忆江南的小令：

多少恨！昨夜梦魂中，还记旧时游上苑，车如流水马如龙；花月正春风。

填完之后，胸中的悲愤，还未发泄尽净，又填一阕感旧词，调寄虞美人：

春花秋月何日了，往事知多少；小楼昨夜又东风，故国不堪回首月明中。雕栏玉砌应犹在，只是朱颜改，问君能有几多愁？恰似一江春水向东流。

填完后，李煜叫小周后唱出来，小周后说："我已有很久不唱歌，喉咙很涩，就是勉强唱出来，也一定不会动听。还是畅饮几杯，不唱了吧？"李后主不答应，亲自去拿了那支心爱的玉笛，对小周后说："如今身边只剩一支笛子，就让我以笛相和吧。"小周后只好低鬟敛袂，轻启朱唇，歌唱起来。玉笛凄凉，歌声凄楚。早有监视他们的人飞报给宋太宗。宋太宗醋劲大发，尤其认为后主不忘故国之思。什么"雕栏玉砌应犹在，只是朱颜改"，便赐毒酒给李后主喝。

据传那晚李后主喝了宋太宗赐的酒之后躺下，忽然从床上跃起，大叫了一声，两手两脚，忽拳忽曲，那颗头，或俯或仰，好似织布梭子牵机一般绝不停止。小周后抱着他，问他何处难受，后主口不能言，忽然面色改变，就此呜呼哀哉！太宗佯装刚刚知道李煜亡故，下诏赠李煜为太师，追封吴王，并废朝三日，遣中使护丧，赐祭赐葬，恩礼极为隆重。小周后葬了李煜，自然也要入宫谢恩。宋太宗便借机把周氏留在了宫里。

爱情自古以来就是一个永恒的主题。人是感情的动物，人的情感处在一个复杂的漩涡中，体会的是彷徨和茫然。人类的爱情定律，以婚姻为最终的归宿。人的思想，人的情感不是简单的公式。无论是男人还是女人，只要是有了感知的一颗心，就摆脱不了被爱情纠缠的人生，惟一的区别是方式的不同。每一对相爱的人都希望与对方终生厮守，但是谁又能说清怎样才算是拥有了爱情？谁又能保证拥有了爱情便是拥有了永远？

爱情滋生了太多的定义和酸甜苦辣。爱没有边际，爱无始无终。也许有开始吧？但却无终止。真爱千古流传，千古吟咏，生生不息。没有什么能够把世间的爱情抹杀。爱着和被爱着，同样是一种幸福。千万年的美酒，只为爱而举杯；千万年的秋雨，只为爱而缠绵；千万年造就的红烛，只为爱而燃烧！

有一种超越世俗的爱恋应该是有的，这种爱情是没有任何条件的。这种爱情不会因不能厮守而产生"嫉恨";不会因对方无心的冷落而留下"伤害";不会因为对方的不足而蒙上"失望";它是一种无私的奉献,是让爱着的人时时感受幸福与快乐的付出;是一种超凡脱俗的心灵牵引;这样的爱情让相爱的心更加宽容,让思念的情更加纯真深厚,让疲惫的情感寻觅到宁静的港湾。只要用心去爱,那份超越世俗的爱恋,将是真爱的人无悔的选择和来世永远的相守!

万古唯留楚客悲

诗词中的怀古故事

百男何愦愦，不如一缇萦
——缇萦救父孝感天

《咏史》

班固

三王德弥薄，惟后用肉刑。

太苍令有罪，就递长安城。

自恨身无子，困急独茕茕。

小女痛父言，死者不可生。

上书诣阙下，思古歌鸡鸣。

忧心摧折裂，晨风扬激声。

圣汉孝文帝，恻然感至情。

百男何愦愦，不如一缇萦。

这是班固的一首怀古诗《咏史》，这首诗所咏赞的是缇萦救父的故事。

汉文帝的母亲薄氏出身低微，进宫前吃过苦。当了汉高祖的妃子后，她怕住在宫里受吕后的陷害，就请求跟儿子住在代郡。住在代郡不像在皇宫里那么阔气，因此，娘儿俩多少知道些老百姓的疾苦。

汉文帝一即位，首先大赦天下，接着就下了一道诏书说："一个人犯了法，定了罪也就是了。为什么要把他的父母妻儿也一起逮捕办罪呢？我不相信这种法令有什么好处，请你们商议一下改变的办法。"

大臣们一商量，按照汉文帝的意见，废除了一人犯法、全家都受牵连的法令。

汉文帝又下了一道诏书，救济各地死了妻子的老人、寡妇、孤儿和没有儿女的老人，并规定八十岁以上的老人按月发给米、肉、布帛，地方长官按时按节去慰问他们。

汉文帝还下诏要老百姓多提意见。这么一来，上奏章的，当面规劝皇帝的人就多起来了。就是在道儿上有人上书，汉文帝也会停下车来把奏章接过去。他说："可以采用的就采用，不能采用的搁在一边，这有什么不好呢？"

公元前 167 年，临淄地方有个小姑娘名叫淳于缇萦。她的父亲淳于意，本来是个读书人，因为喜欢医学，经常给人治病，出了名。后来他做了太仓令，但他不愿意跟做官的来往，也不会拍上司的马屁。没有多久，辞了职，当起医生来了。

有一次，有个大商人的妻子生了病，请淳于意医治。那病人吃了药，病不但没有好转，过了几天便死了。大商人仗势向官府告了淳于意一状，说他是错治了病，是庸医杀人。当地的官吏判他"肉刑"，当时的肉刑包括脸上刺字，割去鼻子，砍去左脚或右脚三种。因为淳于意做过官，就把他押解到长安去受刑。

淳于意没有儿子，可他有五个女儿。他被押解到长安去离开家的时候，望着女儿们叹气，说："唉，可惜我没有男孩，遇到急难，竟没有一个能帮我的。生女儿真是没用啊!"

几个女儿都低着头伤心得直哭,只有最小的女儿缇萦又是悲伤,又是气愤。她想:"为什么女儿就没有用呢?"

她提出要陪父亲一起去长安,家里人再三劝阻她也没有用。

缇萦到了长安,托人写了一封奏章,到宫门口递给守门的人。

汉文帝接到奏章,知道上书的是个小姑娘,倒很重视。只见那字迹歪扭的奏章上写着:

"我叫缇萦,是太仓县令淳于意的小女儿。我父亲做官的时候,齐地的人都说他是个清官。这会儿犯了罪,应当受到肉刑的处分。我不但替父亲伤心,也替所有受肉刑的人伤心。一个人砍去了脚就成残废;割去了鼻子,不能再安上去,以后就是要想改过自新,也没有办法了。我愿意给公家没收为奴婢替父亲赎罪,好让他有个改过自新的机会。恳求皇上开开恩!"

汉文帝看了信,十分同情这个小姑娘的孝心,也觉得肉刑不合理,就召集大臣们,对大臣说:"犯了罪该受罚,这是没有话说的。可是受了罚,也该让他重新做人才是。现在惩办一个犯人,在他脸上刺字或者毁坏他的肢体,这样的刑罚怎么能劝人为善呢。你们商量一个代替肉刑的办法吧!"

大臣们商议,拟定了三条办法:废除脸上刺字的肉刑,改为做苦工;废除割去鼻子的肉刑,改为打三百板子;废除砍脚的肉刑,改为打五百板子。

缇萦救了父亲,也替天下人做了一件好事。

寄情在玉阶，托意唯团扇
——多情班婕妤留遗怨

班婕妤

陆机

婕妤去辞宠，淹留终不见。

寄情在玉阶，托意唯团扇。

春苔暗阶除，秋草芜高殿。

黄昏履綦绝，愁来空雨面。

这是一首拟乐府诗，又题作"婕妤怨"。诗歌描写了班婕妤在退居长信宫后的忧伤悲痛的心情。

婕妤，是一种女官名。班婕妤是西汉成帝刘骜的妃嫔，她才貌双全，汉成帝一度很宠爱她。后来，赵飞燕姊妹进宫以后，独得汉成帝的专宠，班婕妤看到情况对自己极为不利，就自己要求退居长信宫，服侍太后。

汉成帝本是个有名的好色之徒。起初，他专宠许后，后来看到许后年过三十，便渐渐生了厌恶之情。于是移情别恋，特别宠爱班婕妤。班婕妤是汉雁门郡越骑校尉班况的女儿，也是大名鼎鼎的班固的祖姑。她从小就很有才学，并且非常善于写诗作赋。后来，经人推荐被选入宫中，立为婕妤。成帝见她长得聪明伶俐，秀色可餐，就非常宠爱。

即使得到了皇帝的专宠，班婕妤还是经常劝皇帝要循规蹈矩，不要耽于酒色。

一天，成帝想和她同乘一辆车游玩后庭，班婕妤推让说："贱妾看古时候的图画发现，历代圣帝贤王，都是名将大臣守护在一旁，没有听说与女人同游。只是到了三代之后，到了末朝，才出现了淫女奸妾。现在皇上您想与我同乘一辆车，就和那三代末主的情况相似，做臣妾的恕不敢遵命！"成帝听了，也不便恼怒，口中称好，也就不再执意同乘一辆车了。王太后很快就知道了这件事，她对班婕妤的所作所为非常高兴，称赞说："古有樊姬，今有班婕妤。"樊姬是楚庄王的王后，曾经多次劝谏庄王不要迷恋打猎游玩，因此传为佳话。班婕妤也非常贤慧宽宏，她虽然承幸多年，却没有为成帝生下男孩儿，于是她就推荐其他的婕妤给成帝，以给成帝生下继承人。

后来，成帝发现了赵飞燕，连同她的妹妹一块儿收入后宫。这个赵飞燕，原来是个舞人，是阳阿公主家的婢女，她聪明伶俐、身材窈窕。被召入宫中以后，很受成帝的宠爱，但她心胸狭窄，经常在成帝面前说班婕妤的坏话，成帝就渐渐疏远了班婕妤。后来，赵飞燕为了谋取皇后的位子，竟加害许后，还一同牵连班婕妤。班婕妤从容不迫地说道："臣妾常听人说：生死有命，富贵在天。修成正果的也没有得到什么福，做坏事又有什么用？假使鬼神有灵的话，怎么肯听信谗言呢？诅咒这类的事，臣妾不但不敢为，还不屑一做呢！"成帝听了，也很感动，就命令班婕妤退处后宫，不必再究。班婕妤虽然被免去刑罚，可是一想到赵氏姐妹的专横跋扈，自己将来难免再次被诬陷，不如想个自全的方法，以保全自身。于是凭着聪明才智，当下写成一篇奏章，自请去长信宫供奉太后。成帝看到奏章后，当即应允。班婕妤于是移居长信宫，每天倒也安居无事，写写诗，作作赋，很无聊地打发着时间。她想起以前的受宠，不禁悲从中来，就写下一首《怨歌行》，以秋扇自比。诗曰：

新裂齐纨素，鲜洁如霜雪。裁为合欢扇，团团似明月。出入君怀袖，动摇微风发。常恐秋节至，凉飙夺炎热。弃捐箧笥中，恩情中道绝。

意思是这样的：新裁整齐的绢布让人看了喜悦，它就像霜雪一样洁白妍丽。把它缝制成合欢扇后，就像一轮浑圆的明月，随你出入，随你身侧，扇起微风，使人感到凉快舒服。可是，夏去秋来，凉爽的秋风驱散了炎热，人们就不会再需要扇子了。因而那苦命的团扇啊，常常担心秋季的来临。那时，人们就会丢弃团扇，把它收进箱柜里，不再使用它，而它曾经替人们取凉的功用和情意，也就被遗忘。

班婕妤以团扇的口吻表达了自己被遗弃冷落后的悲凉心境，开后代宫怨诗的先河。后来的"婕妤怨"、"玉阶怨"等无不以"团扇"、"玉露"、"秋月"为特定意象，来抒写封建社会中妇女的不幸及人们对她们的同情。

最美的诗词故事大全集

白登幸曲逆，鸿门赖留侯
——一代贤臣张良

《重赠卢谌》

刘琨

握中有悬璧，本自荆山璆。

惟彼太公望，昔在渭滨叟。

邓生何感激，千里来相求。

白登幸曲逆，鸿门赖留侯。

重耳任五贤，小白相射钩。

苟能隆二伯，安问党与雠。

中夜抚枕叹，想与数子游。

吾衰久矣夫，何其不梦周。

谁云圣达节，知命故不忧？

宣尼悲获麟，西狩涕孔丘。

功业未及建，夕阳忽西流。

时哉不我与，去乎若云浮。

朱实陨劲风，繁英落素秋。

狭路倾华盖，骇驷摧双辀。

何意百炼钢，化为绕指柔！

刘琨（270－317 年），西晋诗人。字越石，中山魏昌

（今河北无极东北）人。他年轻时就以雄豪著名。他听说好友祖逖被任用，就给亲戚朋友写信说："吾枕戈待旦，志枭逆虏，常恐祖生先吾著鞭。"《晋书·祖逖传》还记载过他和祖逖共被同寝，夜间闻鸡起舞的故事。

怀帝永嘉元年（307 年），刘琨是并州的刺史，但他"善于怀抚，而短于控御，一日之中，虽归者数千，去者亦以相继"。后来他又误信谗言，被奸人所乘，败于刘聪，父母也因此而被害。愍帝建兴三年（315 年），刘琨为司空，都督管并、冀、幽三州的军事，可是，不久又被石勒打败了。败后，他投奔了幽州刺史鲜卑人段匹磾，并与之相约共同扶助晋室。后因段匹磾的部下末波暗通石勒，俘获了刘琨的儿子刘群，并迫使刘群作书约刘琨为内应反对段匹磾。不久，这件事就泄露了，刘琨也就被段匹磾杀害了。

刘琨的《重赠卢谌》一诗，主要是描述前代英雄张良在知人善任的贤君面前，竭尽所能做好一切事情。

张良，字子房，是西汉初年的重要谋臣，他的先祖是战国时期的韩国人，其祖父、父亲都曾做过韩国的丞相。当秦国灭了韩国的时候，张良有家僮三百人，但他连死了的弟弟也顾不得好好安葬，就拿出全部家产，寻访收买刺客，谋划刺杀秦始皇，为韩复仇。

在秦始皇东游时，张良和刺客在博浪沙狙击没有成功。秦始皇下令全国搜捕刺客，张良只得隐姓埋名，逃亡到了下邳躲藏。在那里，他得到了《太公兵法》。

公元前 209 的七月，陈胜、吴广爆发了起义。之后不久，张良也聚集了一百多人起事，后来遇到了刘邦，就归附了他。从此，张良就辅佐刘邦转战南北，用计策帮刘邦争夺天下，成为刘邦的首席谋士。

当刘邦进占了咸阳后，见到秦宫室里的豪华帷帐、狗马、珍宝以及那成百上千的美丽宫女，就贪恋起来，想长住宫中。樊哙劝说刘邦，刘邦不肯听。张良也极力劝说，说刘邦现在刚入秦就要贪图享乐，是在"助桀为虐"，还说樊哙的话是"忠言逆耳"。刘邦终于听从了张良和樊哙的劝告，退到坝上，得到了秦民的拥护。

不久，项羽西进，见刘邦固守函谷关，非常生气，打算进兵攻打。张良曾经在项羽的叔叔项伯杀人后掩护过他，所以，项伯听到项羽要发兵的消息后，连夜到汉军中要张良赶紧逃命。张良认为丢下刘邦逃命的做法很不仗义，于是就拉着项伯去见刘邦。他一方面说服刘邦委曲求全，一方面请项伯回去向项羽说情。刘邦听从了张良的建议，在鸿门宴上卑辞表示臣服，项庄舞剑想加害刘邦时，项伯又出来掩护，刘邦这才得以脱身逃出虎口。

公元前206年，项羽分封诸王结束，刘邦被封为汉王，领地是中国西南部的巴、蜀和汉中。刘邦去领地时，张良建议他边走边烧掉栈道，以表示不再回来，消除项羽对他的戒心，使他放心地北攻齐国，给韩信后来出击创造了条件。

公元前204年，刘邦被项羽包围在了荥阳，刘邦为了摆脱困境，打算利用郦食其的计谋，复立六国的后裔，牵制项羽。张良回来后，拿过刘邦面前的筷子，一条一条为刘邦陈述利害。张良说："现在很多人跟随您四处奔走，就是想以后得到封地。但您现在却扶植六国的后裔，等于灭掉了这些人的希望，他们以后还要重新侍奉原来的君主。这些人肯定会离开您的。"刘邦听了，马上改变了主意。

在韩信平定了齐国之后，就写信给刘邦，说："齐国的形势多变，应该有个主要人物来治理。"于是，他就请求让自己做代理齐王。刘邦当时正被围在荥阳，看了信后大骂，张良和陈平赶忙暗中踩刘邦的脚提醒他。刘邦赶忙改口说："大丈夫要做就做真王，做什么代理王！"刘邦的话满足了韩信做齐王的心愿，稳定了一员大将。

在刘邦和项羽划鸿沟为界以后，项羽领兵东去。刘邦也想西行回去，张良则建议他趁项羽现在粮食将尽、士兵疲惫的有利时机消灭他，免得放虎归山，养虎为患。刘邦于是追击项羽。张良又建议刘邦给韩信和彭越广阔的领地，以此吸引他们为各自利益夹击项羽。在各路大军的围攻下，项羽最后自刎而死。刘邦取得了楚汉战争的最后胜利。

刘邦即位称帝后，封张良为留侯。汉朝统一之后，张良还有一些谋略对刘邦稳固江山起到重要作用。一是在封赏问题上。当时很多将领议论纷纷，觉得天下领地没有自己的份，所以人心不稳。刘邦采纳张良的建议，先封了自己最不喜欢的雍齿为什方侯，使人们觉得刘邦不喜欢的都能封侯，人心于是稳定下来。二是建议在关中定都。当时有个戍卒建议刘邦在关中建都，但大臣们都主张建都洛阳，因为他们大都是中原人。张良认为关中是天府之国，既可以固守，又可以出击。刘邦于是听从了张良的建议，定都在了长安。三是对刘邦继承人的影响。刘邦觉得吕后生的儿子刘盈懦弱，喜欢戚姬生的如意。吕后要张良出主意，张良要太子刘盈去亲自请刘邦一直尊敬、想请请不到的四位德高望重的老人，当时叫四皓。后来四皓果然陪太子入朝。刘邦见了，知道有很多人都拥护刘盈，从此再不提改立太子的事了。

张良死于汉惠帝六年，谥号文成侯。

中庸难为体，狂狷不及时
——铁骨铮铮名千垂

《咏史》

袁宏

无名困蝼蚁，有名世所疑。

中庸难为体，狂狷不及时。

杨恽非忌贵，知及有余辞。

躬耕南山下，芜秽不遑治。

赵瑟奏哀音，秦声歌新诗。

吐音非凡唱，负此欲何之！

袁宏，字彦伯。父亲袁勖，曾官临汝令。少年时，父亲死后，家道破落，以水上运输租米为生。当时历阳太守谢尚镇牛渚，秋夜乘月，微服泛江。袁宏正在舟中吟咏，声清辞拔，谢尚驻听许久，遣人访问，回人答道："是袁临汝郎诵诗。"谢尚大为叹赏，把他邀来舟中，相与谈论，袁宏的声誉从此日盛。这首诗所咏的历史是西汉杨恽被腰斩一事。

杨恽是西汉时期的文学家，字子幼，宣帝时曾任左曹，后因告发霍光谋反有功，封平通侯，迁中郎将。神爵元年（前61年）升为诸吏光禄勋，位列九卿。他的父杨敞曾两任汉宣帝时的丞相，母亲司马英是著名史学家兼文学家司马迁的女儿。

杨恽家中藏有一部母亲从外祖父家中带来的外公司马迁写的《史记》，因此杨恽有机会目睹这一历史名著。受外祖父和母亲的影响，杨恽自幼熟读了《史记》和名家经典，具有深厚的文学修养。此外，外祖父司马迁的高尚人格也对杨恽产生了很深的影响。

杨恽自幼"轻财好义"，从小在朝中就有很大的名气。做官的时候也能大公无私，奉公守法，不徇私情。杨恽的母亲司马英去世之后，他的父亲杨敞又给他娶了一位后母，后母没有儿子，再加上杨恽对后母就像亲娘一样，孝敬有加。因此后母去世后，就将留下的数百万财产，交给杨恽继承，但是后母去世后，杨恽没有将这笔财产据为己有，而是将后母留下的大笔财产分给了她的几位兄弟。父亲杨敞去世后，杨恽本人还从父亲那里继承500万的财物，为官清廉，经济状况并不很好的杨恽却将其全部用来救济那些宗亲。

步入仕途的杨恽，目睹朝廷之中贪赃枉法成风。对此朝中大大小小的官吏却熟视无睹，视而不见，独有杨恽同他外祖父一样，出污泥而不染，铁骨铮铮，一身正气，敢于冒死在皇帝面前直谏，大胆进行揭发。他还告发与父亲杨敞有深交的朝廷元老重臣霍光谋反一事。因此，杨恽和另外几个与他一同告发此事的人都获取了封侯的赏赐，还被加官进爵。

正是由于他敢于直言，大胆揭发朝臣的不轨行为，因此遭到许多人的怨恨，很多人就在背后算计他。

太仆戴长乐是汉宣帝的故交，宣帝在藩时，就与长乐相好。后来，戴长乐因事下狱。戴长乐前思后想，终于认定他的事之所以被告发，全是杨恽所为。于是他抓住杨恽平时说的一些话柄，在皇帝面前添油加醋，状告杨恽平时的言语有诽谤皇上之嫌。

戴长乐告杨恽主要有两件事，一件是：有一次，杨恽听到一个匈奴降汉的人告诉他，匈奴王单于被手下的人杀害。一旁的杨恽听了此事后便道："这是一个不明是非的君王，放下忠臣提出的治国良策不用，却听信小人的谗言，这是他杀害忠良的必然下场。自古以来，各朝的君王都是一丘之貉，莫不如此。"

还有一件事就是，戴长乐曾经状告杨恽说，富平侯张延寿曾告诉他，前朝时有马狂奔，直触宫殿门，马撞死了。不久，连汉昭帝也驾崩了。而今又有商昌侯的车马狂奔撞在北掖门上（宣帝宫殿北门），对此，杨恽说："现在又是这样，这是天意所为，不是人意所能左右的！"

戴长乐将杨恽对这两件事所发表的看法无限上纲，说杨恽借单于被杀，马触宫殿昭帝驾崩之事，诅咒汉宣帝必步单于或昭帝的后尘。宣帝听了戴长乐的这些话，也没有调查，就信以为真，立即将杨恽免职，废为庶人。

被罢免后的杨恽，对戴长乐等人及皇上的昏聩行为极为不满。回到家乡以后，凭着自己的聪明才干，大治产业，广建宅室，结交宾客，以财自娱。对免职后的杨恽的这些所作所为，他的朋友安定太守孙会宗很担心，并写信劝告他说："朝廷大臣废退后，本应当闭门不出，并且还应时刻担心有不测之祸，更不能大治产业，广招宾朋，否则惹人耳目，又会招致不测之祸。"对朋友的劝告，杨恽不以为然，于是给朋友孙会忠写了《与孙会宗书》一信。在信中，杨恽表达了他绝意仕途以及对宣帝寡情少义的不满之情。

结果不出孙会忠所料，没过多久，杨恽罢官后的所作所为就被人在皇帝面前告发了。汉宣帝认为，当初杨恽本该处以死罪，还是皇恩浩荡，才免他一死。可免官后的杨恽非但没有闭门思过，相反还招摇过市。恰好在此时，天空中又出现日蚀，有人便牵强附会向皇上进言说："这是由于杨恽骄横奢侈，不悔过认错所致。"汉宣帝听后便将杨恽再次下狱治罪，并派人抄了他的家，抄家时还发现杨恽写的《与孙会宗书》一文。宣帝一看这封信中有许多语言对皇上大为不敬，当即勃然大怒，下诏将杨恽处以腰斩，妻子儿女流放边疆。

最美的诗词故事大全集

其人虽已没，千载有余情
——荆轲刺秦王

《咏荆轲》

陶渊明

燕丹善养士，志在报强嬴。

招集百夫良，岁暮得荆卿。

君子死知己，提剑出燕京；

素骥鸣广陌，慷慨送我行。

雄发指危冠，猛气充长缨。

饮饯易水上，四座列群英。

渐离击悲筑，宋意唱高声。

萧萧哀风逝，淡淡寒波生。

商音更流涕，羽奏壮士惊。

心知去不归，且有后世名。

登车何时顾，飞盖入秦庭。

凌厉越万里，逶迤过千城。

图穷事自至，豪主正怔营。

惜哉剑术疏，奇功遂不成。

其人虽已没，千载有余情。

本篇大约作于晋宋易代之后。诗人以极大的热情歌咏荆轲刺秦王的壮举，在对奇功不建的惋惜中，将自己对黑暗政治的愤慨之情，赫然托出。

战国末年，"战国七雄"中的秦国日益强大起来，而其他六国的国力却逐渐衰退。强大的秦国起了吞并天下的野心，他们于是四处攻城略地，六国危在旦夕。在这种情况下，一些热血之人，面对秦国的侵略和屠杀，与秦国展开了不屈不挠的斗争。荆轲刺秦王，就是发生在那时的一个流传千古的悲壮故事。

荆轲是卫国人，他性情豪放，自幼就喜好读书和击剑。当卫国被秦国灭掉后，失去家园的荆轲只得四处奔走，经常放声高歌来抒发亡国的悲愤和怀才不遇的苦闷。后来，荆轲来到了燕国，和一位擅长击筑的乐师高渐离结成了莫逆之交。

这时，赵国也被秦国消灭了。秦国消灭了赵国后，将兵锋直接指向了燕国。弱小的燕国得知强秦步兵燕国的消息，朝野内外人心惶惶，与秦国有宿怨的太子丹更是忧愁万分，他四处请谋士出主意想办法。最后，经人推荐，太子丹请到了荆轲。

他们见面以后，太子丹诚恳地向荆轲说："现如今燕国即使是拿出全国的力量，也绝不是秦国的对手。我看，倒不如派一位盖世的勇士出使秦国，乘秦王接见时劫持住他，逼他退还从各国那里抢占的全部土地。如果秦王不肯，就乘机刺死他。这是我最大的愿望，但却一直找不到合适的人去完成这个艰巨的任务，现在只有靠您了！"

荆轲见太子丹态度诚恳，又想起自己的国家也是被秦国所灭的，于是就答应了太子丹的请求。

临出发那天，太子丹和他的一些门客，都穿着白色的丧服来送荆轲。到了易水河边，祭过路神后，荆轲准备上路了。

这时，高渐离的筑琴奏出了悲壮的曲调，荆轲不由得和着曲子唱起歌来："风萧萧兮易水寒，壮士一去兮不复还！"歌声悲凉凄切而又慷慨激昂。一曲唱完后，荆轲登车义无反顾地离去。直到车子消失在送行人们的视野之外，都没有再回头看一眼。

秦王听说燕国派使者带着珍贵的礼物前来表示臣服，非常高兴，马上在咸阳宫举行了隆重的接见仪式。荆轲手捧着燕国最肥沃的土地的地图，向秦王跪拜，秦王让荆轲把地图献上来。

荆轲呈上地图，并慢慢展开图卷，展到最后，只见一把寒光闪闪的匕首露了出来。荆轲急忙以右手持着匕首，左手抓住秦王的衣袖，向秦王刺去。秦王大吃一惊，一跃而起，由于用力过猛，被荆轲抓住的衣袖也被挣断了。惊慌之中，秦王想拔出身上的佩剑，但由于剑身过长，又加上惊恐急迫，怎么也拔不出来。

咸阳宫里的秦国侍臣，都被这突如其来的举动吓傻了。秦国法律规定，殿上侍立的群臣谁也不准带兵器上朝，而保卫秦宫的将士，没有秦王的命令谁也不准上殿。惊慌之中，秦王竟忘了下令召殿下的卫士。于是，秦王绕着殿上的大柱躲避，仓皇狼狈，不知所措。荆轲紧追其后，两个人像走马灯似地围着大柱转了很多圈儿。

这时，秦王的御医急中生智，拿起手里的药袋对准荆轲扔了过去。荆轲用手一扬，药袋飞到一边去了。就在这一眨眼的工夫，秦王嬴政将剑拔了出来，并快速向荆轲砍去，仅一下就砍断了荆轲的左腿。荆轲立马站立不稳，倒在地上，忍痛把匕首向秦王掷去。秦王急忙往旁边一闪，匕首从他耳边飞了过去。这时，秦宫的侍臣一拥而上，把荆轲杀死了。

虽然荆轲死了，但他不畏强暴刺杀秦王的故事却很快流传四方，并一代一代地流传下来。

沉醉似埋照，寓词类托讽
——以酒保身的阮籍

《五君咏（阮步兵）》

颜延之

阮公虽沦迹，识密鉴亦洞。

沉醉似埋照，寓词类托讽。

长啸若怀人，越礼自惊众。

物故不可论，途穷能无恸。

据《宋书·颜延之传》上说，颜延之刚开始是一个步兵校尉，他嗜好喝酒，性格豪放，不能苟合当朝权贵，见刘湛、殷景仁等人大权独揽，心中愤愤不平，曾说道"天下的事情应当公开来让所有人都知道，一个人的智慧怎能承担所有的事情呢？"辞意激昂，因而每每触犯当权者，刘湛等都很忌恨他，就在彭城王义康面前诽谤他，于是他被贬出任永嘉太守。这时，他内心更加怨愤，于是就作了《五君咏》五首诗，来歌咏"竹林七贤"中的阮籍、嵇康、刘伶、阮咸和向秀五人，这第一首是咏阮籍的。

阮籍（210—263年），字嗣宗，陈留尉氏人，父亲曾做过魏国的丞相掾，在当世很出名。阮籍容貌奇美，身材俊伟，志气开阔奔放，傲然独立，任性不受羁绊、喜怒不显露在表情上。他博览群书，尤其喜好《老子》、《庄子》。嗜酒并能够长啸，又很会弹琴。当他得意的时候，竟忘记了自己的形骸和举止。当时很多人都说他痴呆，只有他的哥哥阮文业深知他的为人，每每赞扬佩服他，认为他超过自己，因此大家都一齐称赞他奇异的才能。

阮籍蔑视礼教，常以白眼看待礼俗之士。后期变为"口不臧否人物"，常用醉酒的方法，以求在当时复杂的政治斗争中保全自己。

嘉平元年（249年），司马懿杀死曹爽，专权国政。他死后他的儿子司马师与司马昭相继即位专权。到了嘉平六年（254年），司马师废除了魏帝曹方，立曹髦为太子。甘露元年（265年），司马昭杀死了曹髦，立曹奂为太子。他死后，由他的儿子司马炎代魏称帝，建立了晋朝。阮籍的仕途就是处在司马氏与曹氏激烈斗争的政治漩涡之中。因此，他为了保全自己，不得不小心翼翼，虚与周旋。

有一次，曹爽请他参军时，他看到曹氏已面临覆灭的危机，就托病谢绝，归田闲居。当司马懿掌管了曹魏的政权以后，立即请他入幕为从事中郎。这时，他由于害怕司马氏的势力，只好委屈顺从。凡是司马府上有宴会，他是每请必到，每到必醉。其实，他有时是佯装酒醉，以此来掩饰自己。

有一年，他听说缺一名步兵校尉，又听说步兵营里多美酒，营人善酿佳酒，于是请求去那里当校尉。当了校尉后，就整天泡在酒中，纵情豪饮，一点也不问世事。后人因之称他为阮步兵。

钟会是司马昭的重要谋士，他是个投机钻营的卑鄙小人，阮籍一向讨厌他。他时常来阮籍家作客，以此来探听阮的虚实。每当他来，阮总是设酒款待，开怀痛饮。钟会多次问他一些时事问题，想趁机找出差错来治他的罪，而阮籍对政事不发一言，钟会只得悻悻而归。

在文帝辅政时，阮籍曾从容不迫地对他说："我平时曾经游历过东平，喜欢那里的风土人情。"司马昭很高兴，便授予他东平相的职位。阮籍骑着毛驴到任，拆毁了原来的府宅屏障，以便内外相望。法令轻平简约，十来天便回京，司马昭推荐他做大将军从事中郎。

阮籍有一个女儿，长得极为秀丽，司马昭看后想纳为儿媳，几次托媒人登门求婚。阮籍对此进退维谷，左右为难。如果答应了，有损自己的声誉，还落得个攀附权贵的坏名声；如果不答应，又得罪了司马昭，会有生命之忧。于是，他天天沉醉于酒中，等提亲的人来，已见他烂醉如泥，不省人事了。这样一连六十多天，他都宿酒未醒。司马昭无可奈何，最后只得作罢。

阮籍的邻居，是一个美妇，她经营卖酒，阮籍与朋友常去那里买酒喝。喝醉了，就躺在美妇身旁睡觉，美妇的丈夫开始怀疑他，但观察了许多次后，见阮籍并没有异常行为，也就放心了。

到了司马昭辞让九赐之封的时候，公卿要辅助他登帝位，让阮籍起草劝进书，阮籍喝得大醉忘记了起草，公卿们临到公府时，让人来取，见阮籍在伏案醉眠。使者把这事告诉他，阮籍写在案上，让人抄写，没什么改动，言辞十分清正难辩，被当时的人所推重。

阮籍嗜酒成性，性格放诞，蔑视礼法。有一年他的母亲新丧，他照常和晋文王吃肉喝酒，旁边在座的朋友何曾，实在看不过去，就说："大王是以孝治天下，而阮籍重孝在身，还与大王吃肉喝酒，这是有伤教化的。"阮籍听了，只顾自己吃喝，神色自若。但事后他却饮酒二斗，大哭一声，吐血好几升。母亲下葬时，他吃了一只蒸猪，喝了两斗酒，然后与灵柩诀别，话说罢了，又一声恸哭，于是又是吐血几升。伤害了身体，骨瘦如柴，几乎丧了生命。裴楷前往凭吊，阮籍披头散发，箕踞而坐，醉眼直视，裴楷吊唁完毕就离去。

阮籍虽然不拘于礼教，但是讲话言辞深远，不评论别人的好坏。阮籍又会做青白眼，见到崇尚礼义的世俗之士，就用白眼相对。嵇喜前来吊丧时，阮籍便用白眼看他，嵇喜很不高兴地退了出去。嵇喜的弟弟嵇康听说之后，便带着酒，携着琴造访了他，阮籍很高兴，便现出青眼。因此礼义世俗之士嫉恨他如仇人，而文帝司马昭总算是保护了他。

始作阳春曲，终成苦寒歌
——王昭君为国嫁边陲

《昭君辞》

沈约

朝发披香殿，夕济汾阴河。

于兹怀九逝，自此敛双蛾。

沾妆如湛露，绕睑状流波。

日见奔沙起，稍觉转蓬多。

胡风犯肌骨，非直伤绮罗。

衔涕试南望，关山郁嵯峨。

始作阳春曲，终成苦寒歌。

惟有三五夜，明月暂经过。

昭君即王昭君，是汉元帝时的一个宫女。匈奴呼韩邪单于来朝时，汉元帝将昭君嫁给了单于。昭君出嫁匈奴的故事引起后人的无限感慨，屡有歌咏其命运的诗歌。作者写昭君诗却不把注意力放在昭君出塞前后的一系列具体事件的叙述上，对于昭君出塞的缘由、过程以及出嫁匈奴后的生活和最终结局并不涉及，而是着重描写她离开汉宫前往匈奴途中的所见所感，从这样的角度写，更显得集中、精致。

王昭君，姓王名嫱，南郡秭归人。她的父亲王穰老来得女，视为掌上明珠，兄嫂也对她宠爱有加。王昭君天生丽质，聪慧异常，琴棋书画，无所不精。昭君的绝世才貌，顺着香溪水传遍南郡，传至京城。公元前36年，汉元帝昭示天下，遍选秀女。王昭君为南郡首选。元帝下诏，命其择吉日进京。其父王穰云："小女年纪尚幼，难以应命。"但无奈圣命难违，公元前36年仲春，王昭君泪别父母乡亲，登上雕花龙凤官船顺香溪，入长江，逆汉水，过秦岭，历时三月之久，于同年初夏到达京城长安，为掖庭待诏。

传说王昭君进宫后，因自恃貌美，不肯贿赂画师毛延寿，毛延寿便在她的画像上点上丧夫落泪痣。昭君因此便被贬入冷宫3年，无缘见到皇上一面。到了公元前的33年，北方匈奴首领呼韩邪单于主动来汉朝，对汉称臣，并请求和亲，以结永久之好。汉元帝尽召后宫妃嫔，王昭君挺身而出，慷慨应诏。呼韩邪临辞大会，昭君丰容靓饰，元帝大惊，不知后宫竟有如此美貌之人，意欲留之，而难于失信，便赏给她锦帛二万八千匹，絮一万六千斤及黄金美玉等贵重物品，并亲自送出长安十余里。王昭君在队队车毡细马的簇拥下，肩负着汉匈和亲的重任，别长安、出潼关、渡黄河、过雁门，历时一年多的时间，终于在第二年的初夏到达了漠北。她的到来，受到了匈奴人民的盛大欢迎，并被封为"宁胡阏氏"。

自王昭君出塞以后，汉匈两族的关系日见好转，并出现了团结和睦，国泰民安，"边城晏闭，牛马布野，三世无犬吠之警，黎庶忘干戈之役"的欣欣向荣的和平景象。公元前 31 年，呼韩邪单于驾崩，留下一子，名伊屠智伢师，后来成为匈奴右日逐王。这时，王昭君以大局为重，忍受了极大委屈，按照匈奴"父死，妻其后母"的风俗，嫁给呼韩邪的长子复株累单于雕陶莫皋，又生二个女儿。公元前 20 年，复株累单于又死，昭君自此寡居。一年后，33 岁的绝代佳人王昭君去世，厚葬于今呼和浩特市南郊，墓依大青山。大青山傍黄河水，后人称之为"青冢"。

到了晋朝，为避晋太祖司马昭的讳，王昭君改称明君，史称"明妃"。

王昭君的历史功绩，不仅仅是她主动出塞和亲，更主要的是她出塞之后，使汉朝与匈奴和好，边塞的烽烟熄灭了 50 年，增强了汉族与匈奴民族之间的民族团结，是符合汉族和匈奴族人民的利益的。她与她的子女后孙以及姻亲们对胡汉两族人民和睦亲善与团结做出了巨大贡献，因此，她得到历史的好评。

抚影怆无从，惟怀忧不薄
——一代枭雄曹操暮落女儿乡

《铜爵妓》

江淹

武皇去金阁，英威长寂寞。

雄剑顿无光，杂佩亦销烁。

秋至明月圆，风伤白露落。

清夜何湛湛，孤烛映兰幕。

抚影怆无从，惟怀忧不薄。

瑶色行应罢，红芳几为乐？

徒登歌舞台，终成蝼蚁郭！

在汉末纷争的时代，曹操逐鹿中原，饮马江汉，横槊赋诗，文韬武略，堪称"一世枭雄"。但于临终之时，却贪恋于声色之奉，不甘心就此撒手而去，故于《遗令》中一再叮嘱："吾婕好妓人，皆著铜雀台，于台堂上，施八尺床繐帐，朝晡上脯糒之属。月朝十五，辄向帐作妓。汝等时时登铜雀台，望吾西陵墓田。"这一举动在古代帝王中可谓绝无仅有，其不恤生者、惟念一己的帝王淫威足以令人惊叹不止。这一悲剧性的主题也牵动了后世不少骚人词客的恻隐之心、沧桑之感，纷纷形诸篇咏，江淹此诗即为其中之一。

曹操是东汉末年三国曹魏政权的奠基者。曹操年少时，跟随他的父亲——曾作过太尉的曹嵩居住在京城洛阳。少年曹操机灵善变，无视礼教清规，生活放荡不羁，喜欢与官宦子弟一起飞鹰走犬，打猎练武。

曹操的叔叔看到了曹操有这么多的劣迹，就多次向曹嵩告状，曹操遭到父亲的多次责罚。因此，曹操很害怕叔叔告状。

有一次，曹操看到叔叔迎面走来。他灵机一动，就地躺倒，装作口歪眼斜、人事不省的样子。叔叔见曹操如此，以为是中风了。于是，赶紧前去告诉哥哥曹嵩。

曹嵩慌忙赶到出事地点，却发现曹操安然无恙，就惊奇地问道："你叔叔说你中风了，难道已经病愈了吗?"

曹操回答说："我根本就没有中风。只因为叔叔不喜欢我，所以，我常常被叔叔诬蔑。"曹嵩信以为真。

从此以后，叔叔再对曹嵩告状，曹嵩都不会相信了。

20岁的时候，曹操老家的官绅举荐他到京城洛阳任官。不久，曹操就被任命为北部尉，负责维护京城北部的社会治安。

京城洛阳，是皇亲国戚、达官显贵云集的地方。他们凭借特权横行霸道，欺压良善。京城的治安混乱，前任官员都束手无策，感到很难治理。

曹操到任以后，连夜赶制出执法用的五色棒十几根，悬挂在府衙的右侧，接着，贴出告示："今后凡有犯禁者，不避豪强，皆棒杀之。"那些权贵们都不以为然。

有一次，汉灵帝宠幸的太监骞硕的叔叔半夜里外出，在街上闹事，触犯了皇上颁布的夜行禁令。曹操立即派人将他抓捕归案，并令手下用五色棒将他乱棒打死。这件事轰动了京城洛阳，那些为非作歹、胡作非为的权贵们只好收敛起来，整个治安形势大为好转。

这件事传开后，人们交口称赞："曹操真是治世之良臣！"

曹操逐渐发迹当上汉朝丞相以后，"挟天子以令诸侯"。很多汉朝大臣视曹操为汉贼，常常密谋杀他。曹操为了自卫，也想出了一些办法。

有一天，曹操在府中大宴宾客，酒兴正浓时，曹操对大家说："想来是上天保佑我吧。每当有人想加害我的时候，我总会有心灵感应，心跳加速，提醒我加以防备。"宴会进行中，曹操悄悄地对自己的一个心腹侍卫说："等一会你暗藏利刃，偷偷地来我身边。我就说我心灵感应到你将不利于我。我让其他卫兵将你拿住，拉出去斩首。你一定要沉住气，不要辩解，我保你无事。事后，我一定重赏于你。"侍卫就遵命行事。当他身怀利刃刚一出现，就被曹操喝令拿下。其他卫兵从这个侍卫身上搜出利刃，让大家观看。曹操喝令将侍卫推出斩首。侍卫想这是曹操的事先交代，只是演戏给大家看的，就毫不畏惧地被推到法场，他还没明白过来是怎么回事的时候，已被按刺客的罪名斩首示众。

曹操的宾客及左右侍从，都认为曹操确有心灵感应之能。从此以后，再没有人敢密谋加害曹操。

曹操所部军纪严明，他命令全军将士"上至统帅，下至马夫。行军训练不准调戏女子，不准践踏庄稼，不准打骂百姓，违令者斩首"。因此，全军将士行军训练十分谨慎，遇有麦田，骑兵下马，扶麦而行。百姓见状，交口称赞。

曹操晚年回到洛阳，追今抚昔，烈士暮年之感油然而生。传说，有一天，曹操整日在思考自己事业的继承问题，也许是日有所思，夜有所梦吧，当天晚上，梦见了一个马槽上写着一个大大的"曹"字，他正感到奇怪，却又看见三匹高头大马跑到这个马槽边吃起草来。不一会儿马槽中的草就被这三匹马给吃光了。奇怪的是，马槽上的"曹"字也被这三匹马吃掉了。曹操心中一惊，醒了过来。

他一晚上翻来覆去思考"三马共槽"吃掉"曹"字的意思，越来越觉得不是吉祥之兆。

第二天上朝时，曹操还在思考这个问题，这时，曹操的主簿司马懿带着自己的两个儿子司马师、司马昭来参见。曹操心里一动，难道这就是梦中的那三匹马吗？曹操表面上不动声色，但从此以后就非常厌恶司马懿父子三人，他想找个借口杀掉司马氏父子三人，但一直没有合适的机会。

当曹操病重时，他单独召见了太子曹丕，专门交待道："司马懿父子都很有才干。但他们都不是人下之人，将来他们一定会破坏曹家的事业。你一定要想法将他们父子三个除掉。"

曹操死后，曹丕代汉自立。但曹丕忘记了曹操的遗嘱，不但没有剪除司马懿父子三人，反而重用他们。曹丕临终前，遗命司马懿为托孤大臣。后来，司马懿父子三人相继在魏国专权并最终篡夺了魏国政权。使曹操"三马共槽"的梦不幸成真。

曹操之死

曹操晚年有心代汉朝自立，都城当然也选在洛阳。为了准备日后登基称帝，曹操准备建一座十几丈宽的大殿，并决定将龙门山下的大梨树伐倒用作大梁。龙门山下的那棵大梨树，粗达五围，高达十三丈，上下垂直。传说是大禹治水时，派到这里镇压恶龙的一个武将所化。到曹操在洛阳建宫殿时，大梨树已有两千多年。它春天花白如银，人称"白梨仙翁"。多少年来，当地人谁也不敢伤这棵树一根枝杈，否则就会有性命之忧。

曹操派来的工匠们奉命而来，他们动手伐树的时候，奇怪的事发生了：大梨树坚硬如铁，斧头砍不动，铁锯锯不进。树皮伤处，流出很多血来。曹操得到报告，不相信有这回事。他亲自带人来到树下指挥伐树。众人见到地下流淌着的鲜血未干，都不敢妄动，曹操大怒，抽出宝剑，挥臂朝梨树砍去。但他如同砍在铁柱子上，震得手臂酸麻。梨树只伤了一点皮，溅出了斑斑血迹，直喷在曹操身上。曹操一惊，昏倒在地。

曹操被救回洛阳宫中，醒过来后，还有些后怕。晚上，曹操梦见一个手提宝剑的白发老者，来到床前，他自称"白梨仙翁"，来找丞相问罪。他边说边用宝剑朝曹操头上砍去。曹操大叫一声，从梦中惊醒，从此头疼难忍。没过多久，就病死在洛阳。

万古唯留楚客悲：诗词中的怀古故事

昔事前军幕，今逐嫖姚兵
——沙场秋点兵

《效古诗》

范云

寒沙四面平，飞雪千里惊。
风断阴山树，雾失交河城。
朝驱左贤阵，夜薄休屠营。
昔事前军幕，今逐嫖姚兵。
失道刑既重，迟留法未轻。
所赖今天子，汉道日休明。

也许是长久偏安于江左的青山绿水，不闻飞骑击虏、角声马鸣之故吧，南朝稍有壮心的文人士子，往往热衷于汉人出塞千里、勒铭燕然的军戎生涯和辉煌业绩。因此，仿"古诗"、叙汉事，借以抒写自己的怀抱和感慨，也成了他们作诗的一大爱好。范云这首诗，正以"效古"为题，倒转时空，把自身带入了六百年前李广、霍去病率军边塞征战的戎马倥偬之中。

西汉初年，汉王朝由于经济力量尚未恢复起来，而且内部不够稳定，从刘邦到汉武帝初年，一直对匈奴采取和亲政策，每年送给匈奴大量的礼物和金钱。但是，和亲政策并没能阻挡匈奴贵族的掠夺，北部边疆的生产时常遭到破坏，无数汉族人民被抢走或杀死。汉武帝即位后，专制集权空前强化，社会经济有了很大发展，军事力量也得到加强。汉武帝决定改变和亲政策，发动了全面反击匈奴的大规模战争。卫青正是在这场战争中涌现出来的杰出将领。

卫青，字仲卿，河东平阳（今山西省临汾市西南）人。他的母亲在平阳公主家做女仆，因丈夫姓卫，她就被称为卫媪。平阳公主原号阳信长公主，是汉武帝的姐姐，因嫁与平阳侯曹寿（汉初名臣曹参之曾孙）为妻，所以也称平阳公主。

卫媪生有一男三女，即儿子长君，长女君孺、次女少儿、三女子夫。丈夫死后，她仍在平阳侯家中帮佣，与同在平阳侯家中做事的县吏郑季私通，生了卫青。

公元前 139 年春，卫青的姐姐卫子夫被汉武帝选入宫中，卫青也被召到建章宫当差。这是卫青命运的一大转折点。

卫子夫入宫不久，就有了身孕。卫青沾了他姐姐的大光，被汉武帝提升为太中大夫。

公元前 129 年，匈奴又一次兴兵南下，前锋直指上谷（今河北省怀来县）。汉武帝果断地任命卫青为车骑将军，迎击匈奴。从此，卫青开始了他的戎马生涯。

这次用兵，汉武帝分派四路出击。车骑将军卫青直出上谷，骑将军公孙敖从代郡（今河北蔚县东北）出兵，轻车将军公孙贺从云中（今内蒙古托克托东北）出兵，骁骑将军李广从雁门出兵。四路将领各率一万骑兵。卫青首次出征，但他英勇善战，直捣龙城（匈奴祭扫天地祖先的地方），斩首700人，取得胜利。另外三路，两路失败，一路无功而还。汉武帝看到只有卫青胜利凯旋，非常赏识，加封关内侯。

公元前127年，匈奴贵族集结大量兵力，进攻上谷、渔阳。武帝决定避实击虚，派卫青率大军进攻久为匈奴盘踞的河南地（黄河河套地区）。这是西汉对匈奴的第一次大战役。

卫青率领四万大军从云中出发，采用"迂回侧击"的战术，西绕到匈奴军的后方，迅速攻占高阙（今内蒙古杭锦后旗），切断了驻守河南地的匈奴白羊王、楼烦王同单于王庭的联系。然后，卫青又率精骑，飞兵南下，进到陇西，形成了对白羊王、楼烦王的包围。匈奴白羊王、楼烦王见势不好，仓惶率兵逃走。汉军活捉敌兵数千人，夺取牲畜一百多万头，完全控制了河套地区。因为这一带水草肥美，形势险要，汉武帝在此修筑朔方城（今内蒙古杭锦旗西北），设置朔方郡、五原郡，从内地迁徙十万人到那里定居，还修复了秦时蒙恬所筑的边塞和沿河的防御工事。这样，不但解除了匈奴骑兵对长安的直接威胁，也建立起了进一步反击匈奴的前方基地。卫青立有大功，被封为长平侯，食邑3800户。

公元前121年，西汉对匈奴的第二次大战役开始，由霍去病指挥，结果使汉朝完全控制了河西地区，切断了匈奴与羌人的联系。

为了彻底击溃匈奴主力，汉武帝集中全国的财力、物

最美的诗词故事大全集

力，准备发动对匈奴的第三次大战役。公元前 119 年春，汉武帝召集诸将开会，商讨进军方略。他说："匈奴单于采纳赵信的建议，远走沙漠以北，认为我们汉军不能穿过沙漠，即使穿过，也不敢多作停留。这次我们要发起强大的攻势，达到我们的目的。"于是挑选了十万匹精壮的战马，由大将军卫青、骠骑将军霍去病各率精锐骑兵五万人，分作东西两路，远征漠北。为解决粮草供应问题，汉武帝又动员了私人马匹四万多，步兵十余万人负责运输粮草辎重，紧跟在大军之后。

原计划远征大军从定襄北上，由霍去病率骁勇善战的将士专力对付匈奴单于。后来从俘获的匈奴兵口中得知匈奴伊稚斜单于远在东方，于是汉军重新调整战斗序列。汉武帝命霍去病从东方的代郡出塞，卫青从定襄出塞。

卫青大军北行一千多里，跨过大沙漠，与严阵以待的匈奴军遭遇了。卫青临危不惧，命令部队用武刚车（铁甲兵车）迅速环绕成一个坚固的阵地，然后派出 5000 骑兵向敌阵冲击。匈奴出动一万多骑兵迎战。双方激战在一起，非常惨烈。黄昏时分，忽然刮起暴风，尘土滚滚，沙砾扑面，顿时一片黑暗，两方军队互相不能分辨。卫青乘机派出两支生力军，从左右两翼迂回到单于背后，包围了单于的大营。伊稚斜单于发现汉军数量如此众多，而且人壮马肥，士气高昂，大为震动，知道无法取胜，就慌忙跨上马，在数行精骑的保护下奋力突围，向西北方向飞奔而去。

这时，夜幕已经降临，战场上双方将士仍在喋血搏斗，喊杀声惊天动地。卫青得知伊稚斜单于已突围逃走，马上派出轻骑兵追击。匈奴兵不见了单于，军心大乱，四散逃命。卫青率大军乘夜挺进。天亮时。汉军已追出二百多里，虽然没有找到单于的踪迹，却斩杀并俘虏匈奴官兵19000多人。卫青大军一直前进到真颜山赵信城（今蒙古乌兰巴托市西），获得了匈奴屯积的粮草，补充军用。他们在此停留了一天，然后烧毁赵信城及剩余的粮食，胜利班师。

霍去病率领的东路军，北进两千多里，与匈奴左贤王的军队遭遇。经过激战，俘获了匈奴三个小王以及将军、相国、当户、都尉等83人，消灭匈奴七万多人，左贤王败逃而去。

这次战役，汉军打垮了匈奴的主力，使匈奴元气大伤。从此以后，匈奴逐渐向西北迁徙，出现了"漠南无王庭"，匈奴对汉朝的军事威胁基本上解除了。

汉武帝为表彰卫青、霍去病的大功，特加封他们为大司马。

家奴出身的卫青如今变成了贵极人臣的大将军，朝中官员无不巴结奉承。这时，平阳公主寡居在家，要在列侯中选择丈夫，许多人都说大将军卫青合适，平阳公主笑着说：他是我从前的下人，过去是我的随从，怎么能做我的丈夫呢？左右说：大将军已今非昔比了，他现在是大将军，姐姐是皇后，三个儿子也都封了侯，富贵震天下，哪还有比他更配得上您的呢。汉武帝知道后，失笑道：当初我娶了他的姐姐，现在他又娶我的姐姐，这倒是很有意思。于是当即允婚。时迁事移，当年的仆人就这样做了主人的丈夫。这样一来，卫青与汉武帝亲上加亲，更受宠信。但卫青为人谦让仁和，敬重贤才，从不以势压人。

公元前 106 年，大司马大将军卫青去世，汉武帝命人在自已的茂陵东边特地为卫青修建了一座象庐山（匈奴境内的一座山）的坟墓，以象征卫青一生的赫赫战功。

芳襟染泪迹，婵媛空复情
——千古悲凉铜雀台

《同谢咨议咏铜雀台》

谢朓

穗帷飘井幹，樽酒若平生。
郁郁西陵树，讵闻歌吹声。
芳襟染泪迹，婵媛空复情。
玉座犹寂寞，况乃妾身轻。

这是一首应和（同）谢咨议凭吊魏武帝曹操的诗。曹操临死时，在他的《遗令》中曾经嘱咐诸子将自己的遗体葬在邺的西岗，并令姜伎们住在铜雀台上，早晚供食，每月初一和十五还要在他的灵帐前面奏乐唱歌，并且让她们登台向西瞻望他的西陵墓田。

建安十五年，曹操击败袁绍，于邺建都漳河畔大兴土木修建铜雀台，高十丈，分三台，各相距六十步远，中间各架飞桥相连。建安十八年（213 年），曹操又在铜雀台南方建一金虎台。次年（214年），又在铜雀台北建一冰井台，合称为"三台"。铜雀台前临河洛，北临漳水，虎视中原，颇显霸王气派；其楼台建筑飞阁重檐，楼宇连阙，雕梁画栋，气势恢宏。铜雀台最盛时台高十丈，台上又建五层楼，离地高达63米。在楼顶又置铜雀高一丈五，舒翼若飞，神态逼真。在台下引漳河水经暗道穿铜雀台流入玄武池，用以操练水军，可以想见景象之盛。因为楼顶上铸造了一个大铜雀，舒翼奋尾，势若飞动，所以名为铜雀台。

何事非相思，江上葳蕤竹
——爱情史开端的两个女人

《登二妃庙》

吴均

朝云乱人目，帝女湘川宿。

折菡巫山下，采荇洞庭腹。

故以轻薄好，千里命舻舳。

何事非相思，江上葳蕤竹。

这首登临凭吊之作，将二妃，即虞舜的两个妃子娥皇与女英动人的传说再现了出来。

尧年老后，问大臣谁能继位，大臣推荐了舜。为了考察舜，尧将两个女儿娥皇和女英嫁给了舜，在舜的调教之下，二女"甚有妇道"。尧非常满意。三年后考察结束，尧把帝位传给了舜。

尧的这个举动，就是史所美誉的"禅让"。此后舜仿此例，亦禅让于禹。有史以来，正史所记载的出于公心的禅让仅此二例，后世仅有的几例禅让都是被逼无奈之下，为保命而演出的把戏。"禅让制"因此被孔夫子及其以降的大人学者们称颂不已，成为"托古改制"原始依据，直到今天，还是正统历史观的宠儿，堂而皇之地写进了中学历史教科书。

万古唯留楚客悲：诗词中的怀古故事

舜是黄帝后裔中的另外一个分支，距黄帝九世，居住在黄河中游（山西蒲州一带），舜当是该部落的首领，名声才会被尧所闻。尧为了联合拉拢舜的部落，把两个女儿娥皇、女英嫁给了舜。这是中国史"和亲"的最早滥觞。遥想当年，舜下了重金作为聘礼，在妫水边迎娶二女的时候，一定百感交集。蒹葭苍苍，野露茫茫，一丝寒意一定袭上了年轻的舜的心头：这次联姻吉凶未卜，二女所怀的，不知是怎样恶毒的使命，舜部落的秘密和实力，眼看即将暴露在闺房女红的闲庭信步之中；但是无论二女如何作为，舜又无法处治，毕竟，娥皇、女英是强大的尧的亲生女儿。"和亲"，脉脉的温情下面，提前隐藏着刺探和背叛的结局。

那时母系氏族早已逝去了其黄金时期，女人作为男人的附庸，被当作工具用于各种无法言传的场合。况且娥皇、女英是庶出，尧宠爱的是正房女皇所生的长子丹朱，将来的皇位非丹朱莫属。而丹朱顽凶，娥皇、女英和另外九个庶出的兄弟，大概早已预料到了丹朱上台后自己的命运。

那么，父亲密令刺探的这个叫舜的男人，能够依恃吗？毕竟，尧之前，也不是没有过非长子继位的先例，尧本人就是以次子的身份，夺了哥哥挚的皇位。在这个白露为霜的寒冷的早晨，婚媾张扬的大喜之日，娥皇、女英也是心绪复杂，滋味难辨。

婚后的日子波澜不惊。舜，"目重瞳子（两个瞳仁），龙颜，大口，黑色，身长六尺一寸"，貌奇，魁梧；而且非常能干，会耕，会渔，会制陶器；又孝顺，处事公正，甚得部落百姓的爱戴。如果这样的男人不值得爱，还有什么人值得爱呢？就这样，在日复一日的互相提防中，在日复一日的耳鬓厮磨中，爱情，这个神秘的烟幕，悄悄地放出来了。当舜的父亲瞽叟和异母兄弟象屡次要加害舜的时候，娥皇、女英被爱情激发出了巨大的智慧，指点舜两次逃生。先结婚后恋爱的滋味，原来更加甜蜜啊。

三人同心，其利断金。趁着尧派他的九个庶出的儿子，假借探望娥皇、女英之名，实为收集情报的时机，三人和九男结成了统一战线。

尧73岁时，传位于丹朱，舜和九个内应发动了政变，一击得手，囚禁了尧和丹朱，舜顺理成章地登上了帝位。

这就是"禅让"的真相。

阴谋与爱情，就这样吊诡地结合为一体，断送了尧的万世基业。舜则志得意满，江山美人一手尽揽。然而，冥冥中似有定数，数十年后，舜却重复了尧的命运：与舜有杀父之仇的禹篡位，将舜流放到极南的苍梧之野（广西），死后葬在湖南九嶷山。娥皇、女英一路寻觅到九嶷山，天苍苍，野茫茫，瞻前顾后，感怀身世，不禁泪下如雨，点点滴滴，渗进了竹子的肌理，凄婉动人的"湘妃斑竹"就此诞生。

天长地自久，人道有亏盈
——一生戎马保社稷

《咏霍将军北伐》

虞羲

拥旄为汉将，汗马出长城。

长城地势险，万里与云平。

凉秋八九月，虏骑入幽并。

飞狐白日晚，瀚海愁云生。

羽书时断绝，刁斗昼夜惊。

乘墉挥宝剑，蔽日引高旍。

云屯七萃士，鱼丽六郡兵。

胡笳关下思，羌笛陇头鸣。

骨都先自詟，日逐次亡精。

玉门罢斥候，甲第始修营。

位登万庾积，功立百行成。

天长地自久，人道有亏盈。

未穷激楚乐，已见高台倾。

当令麟阁上，千载有雄名！

霍去病（？－公元前 117 年），汉武帝时（公元前 140 年－公元前 88 年）的名将，主要以抗击匈奴而建功，他是大将军卫青的外甥，后来因战功赫赫，和舅舅不相上下，最后甚至超过了舅舅。母亲卫少儿，是汉武帝皇后卫子夫的姐姐。由于有皇族关系，霍去病在 18 岁时就很得皇帝宠信，入宫做了侍中。

霍去病很擅长骑射，在公元前 123 年，随大将军卫青出征，北击匈奴时，他率领八百精锐骑兵离开大部队几百里去追击匈奴，最后歼敌二千零二十八人，其中有相国和单于的祖父，活捉单于叔叔，战后封为冠军侯。

公元前 121 年，霍去病升任骠骑将军，率领一万骑兵出陇西，越过了焉支山（今中国西部甘肃山丹东南）达千余里，斩杀折兰王，俘获浑邪王的儿子，歼敌八千。同一年的夏天，霍去病再次出陇西、北地两千多里，越过居延泽，进击祁连山，俘虏了酋涂王，捕斩三万余人，受降二千五百人，自己损失不到十分之三。这次歼灭战沉重地打击了匈奴右部。

当年的秋天，匈奴单于对于浑邪王屡次战败、损失惨重非常不满，盛怒之下有了杀掉浑邪王的打算。浑邪王和休屠王商议投降汉朝。武帝担心他们诈降，于是派霍去病领兵迎接。霍去病渡过黄河，接近浑邪王的部队，但浑邪王的一些部下看到汉军后改变了主意，纷纷溃逃。霍去病赶到浑邪王大营和他商议，最后斩杀不想投降的部下八千人，最后，浑邪王率部四万多人归顺汉朝。浑邪王等人被武帝封为侯。

霍去病这次受降成功，最终使河西地区得以长期安定，汉朝也从此打通了到西域的道路。汉朝根据当地习俗分设五属国，后来又设立武威、张掖、酒泉、敦煌四郡，加强了对该地的控制。

公元前117年，汉武帝利用匈奴轻视汉朝不敢深入作战的心理，命卫青、霍去病各率骑兵五万，加上预备马匹四万和步兵、辎重兵共几十万人，分别出击匈奴。霍去病从代郡出发，俘获匈奴屯头王、韩王等，将军、相国、当户、都尉等八十三人，歼敌七万余人。霍去病因此加封五千八百户，拜大司马骠骑将军，地位和舅舅卫青相同，但权势却超过了卫青，结果很多卫青的人投靠到霍去病门下。

霍去病用兵有自己的办法，不愿按照古人兵法作战，注重实际。武帝想教他学习孙子、吴起兵法，他却说用兵要看具体谋略，根据情况来定作战方案，不能只学兵法。武帝要为他建府第，他却说："匈奴不灭，无以家为。"所以很得武帝宠信。

霍去病作战时身先士卒，喜欢做先锋。但是，他毕竟在宫中长大，贵族习气较多，所以对于士卒体恤不够。在塞外时，士兵缺少粮食吃，饥饿难当，他却在踢球寻乐。有一次出征时，汉武帝曾经赏赐宫廷膳食几十车。但等到霍去病凯旋而归时，扔掉的很多，而士兵们却还有饥饿的。

公元前117年，霍去病因病而死，年仅23岁，因为当时还不到三十岁，武帝悲痛异常，武帝给他修的陵墓外形很像祁连山，还追封为景桓侯。

泉产无关走，鸡鸣谁为开
——养兵必有用兵时

《聘齐经孟尝君墓》

陈昭

薛城观旧迹，征马屡徘徊。

盛德今何在，唯馀长夜台。

苍茫空垄路，憔悴古松栽。

悲随白杨起，泪想雍门来。

泉产无关走，鸡鸣谁为开。

这是一首悼念孟尝君的诗。

孟尝君是齐国的贵族，名叫田文。他为了巩固自己的地位，专门招收人才。凡是投奔到他门下来的，他都收留下来，供养他们。这种人叫做门客，也叫做食客。据说，孟尝君门下一共养了三千个食客。其中有许多人其实没有什么本领，只是混口饭吃。

孟尝君上咸阳去的时候，随身带了一大帮门客。秦昭襄王亲自欢迎他。孟尝君献上一件纯白的狐狸皮的袍子作见面礼。秦昭襄王知道这是很名贵的银狐皮，很高兴地把它藏在内库里。

秦昭襄王本来打算请孟尝君当丞相，有人对他说："田文是齐国的贵族，手下人又多。他当了丞相，一定先替齐国打算，秦国不就危险了吗？"

秦昭襄王说："那么，还是把他送回去吧。"

他们说："他在这儿已经住了不少日子，秦国的情况他差不多全知道，哪儿能轻易放他回去呢？"

秦昭襄王就把孟尝君软禁起来。

孟尝君十分着急，他打听得秦王身边有个宠爱的妃子，就托人向她求救。那个妃子叫人传话说："叫我跟大王说句话并不难，我只要一件银狐皮袍。"

孟尝君和手下的门客商量，说："我就这么一件，已经送给秦王了，哪里还能要得回来呢？"

其中有个门客说："我有办法。"

当天夜里，这个门客就摸黑进王宫，找到了内库，把狐皮袍偷了出来。

孟尝君把狐皮袍子送给秦昭襄王的宠妃。那个妃子得了皮袍，就向秦昭襄王劝说把孟尝君释放回去。秦昭襄王果然同意了，发下过关文书，让孟尝君他们回去。

孟尝君得到文书，急急忙忙地往函谷关跑去。他怕秦王反悔，还改名换姓，把文书上的名字也改了。到了关上，正赶上半夜里。依照秦国的规矩，每天早晨，关上要到鸡叫的时候才许放人。大伙儿正在愁眉苦脸盼天亮的时候，忽然有个门客捏着鼻子学起公鸡叫来。一声跟着一声，附近的公鸡全都叫起来了。

守关的人听到鸡叫，开了城门，验过过关文书，让孟尝君出了关。

秦昭襄王果然后悔，派人赶到函谷关，孟尝君已经走远了。

孟尝君回到齐国，当了齐国的相国。他门下的食客就更多了。他把门客分为几等：头等的门客出去有车马，一般的门客吃的有鱼肉，至于下等的门客，就只能吃粗菜淡饭了。有个名叫冯驩（一作冯煖）的老头子，穷苦得活不下去，投到孟尝君门下来作食客。孟尝君问管事的："这个人有什么本领？"

管事的回答说："他说没有什么本领。"

孟尝君笑着说："把他留下吧。"

管事的懂得孟尝君的意思，就把冯驩当作下等门客对待。过了几天，冯驩靠着柱子敲敲他的剑哼起歌来："长剑呀，咱们回去吧，吃饭没有鱼呀！"

管事的报告孟尝君，孟尝君说："给他鱼吃，照一般门客的伙食办吧！"

又过了五天，冯驩又敲打他的剑唱起来："长剑呀，咱们回去吧，出门没有车呀！"

孟尝君听到这个情况，又跟管事的说："给他备车，照上等门客一样对待。"

又过了五天，孟尝君又问管事的，那位冯先生还有什么意见。管事的回答说："他又在唱歌了，说什么没有钱养家呢。"

孟尝君问了一下，知道冯驩家里有个老娘，就派人给他老娘送了些吃的穿的。这一来，冯驩果然不再唱歌了。

孟尝君养了这么多的门客，管吃管住，光靠他的俸禄是远远不够花的。他就在自己的封地薛城（今山东滕县东南）向老百姓放债收利息，来维持他家的巨大的耗费。

有一天，孟尝君派冯驩到薛城去收债。冯驩临走的时候，向孟尝君告别，问："回来的时候，要买点什么东西来？"

孟尝君说："你瞧着办吧，看我家缺什么就买什么。"

冯驩到了薛城，把欠债的百姓都召集拢来，叫他们把债券拿出来核对。老百姓正在发愁还不出这些债，冯驩却当众假传孟尝君的决定：还不出债的，一概免了。

老百姓听了将信将疑，冯驩干脆点起一把火，把债券烧掉。

冯驩赶回临淄，把收债的情况原原本本告诉孟尝君。孟尝君听了十分生气："你把债券都烧了，我这里三千人吃什么！"

冯驩不慌不忙地说："我临走的时候您不是说过，这儿缺什么就买什么吗？我觉得您这儿别的不缺少，缺少的是老百姓的情义，所以我把'情义'买回来了。"

孟尝君很不高兴地说："算了吧！"

后来，孟尝君的声望越来越大。秦昭襄王听到齐国重用孟尝君，很担心，暗中打发人到齐国去散播谣言，说孟尝君收买民心，眼看就要当上齐王了。齐湣王听信这些话，认为孟尝君名声太大，威胁他的地位，决定收回孟尝君的相印。孟尝君被革了职，只好回到他的封地薛城去。

这时候，三千多门客大都散了，只有冯驩跟着他，替他驾车上薛城。当他的车马离开薛城还差一百里的时候，只见薛城的百姓，扶老携幼，都来迎接。

孟尝君看到这番情景，十分感触。对冯谖说："你过去给我买的'情义'，我今天才看到了。"

后来齐襄王复国，齐国的实力已经大大不如以前了，孟尝君就在薛中立为一个小诸侯。为了寻求稳定，齐襄王曾一度与孟尝君联合。孟尝君死后，他的儿子们争着要继承他的位置，齐和魏联合起来把薛给消灭了。

遂令怀古客，挥泪独无从
——谋圣张良

《春夕经行留侯墓》

卢思道

少年期黄石，晚年游赤松。

应成羽人去，何忽掩高封。

疏芜枕绝野，逦迤带斜峰。

坟荒随草没，碑碎石苔浓。

狙秦怀猛气，师汉挺柔容。

盛烈芳千祀，深泉闭九重。

夕风吟宰树，迟光落下春。

遂令怀古客，挥泪独无从。

卢思道（535－586 年），字子行，隋范阳（北京城西南）人，入隋后为散骑侍郎。文思敏捷，有文集三十卷。

留侯墓，张良墓。在今微山岛南麓墓前村北。

张良（？—公元前186年），字子房，西汉初年（公元前206年前后）的重要谋臣，先祖是战国时期韩国人，祖父、父亲都曾在韩国为相。秦灭韩国时，张良有家僮三百人，但他连死了的弟弟也顾不得好好安葬，就拿出全部家产，寻访收买刺客，谋划刺杀秦始皇，为韩复仇。

在秦始皇东游时，张良和刺客在博浪沙（今中国中部河南原阳县东南）狙击未成。秦始皇下令全国搜捕刺客。张良只好隐姓埋名，逃亡躲藏到了下邳（今中国东南部江苏睢宁西北）。在那里他得到了《太公兵法》。

有一次，张良到桥上散步，遇到一个老人。老人走到张良面前时，故意把鞋子掉到桥下，然后对张良说："小子！去把鞋给我捡回来。"张良见他是个老人，强压怒火，下去给他捡了回来。老人又命令他给穿上，张良觉得做了好事，就做到底吧，于是给老人穿上了鞋子。

老人笑着走了，走了一段又返回来，让张良五天后在桥上等他。张良很惊讶，但五天后天刚亮的时候，还是去了，结果老人早就到了。老人训斥他和老人约会不该迟到，说了五日后再来，就走了。五天后，拂晓时张良就去了，结果老人还是比他先到。老人让他过五天再来。这次张良半夜就去了，老人高兴地把《太公兵法》交给了他。老人这样考验张良，实际上是考验他"大勇能忍"的性格，缺少这种性格的人是很难成大事的。

公元前209的七月陈胜、吴广起义爆发之后，张良也聚集了百号人起事，后来和刘邦相遇，就归附了他。从此辅佐刘邦转战南北，用计策帮刘邦争夺天下，成为首席谋士。

刘邦进占咸阳后，见到秦宫室里的豪华帷帐，狗马、珍宝和成百上千的美丽的宫女，就留恋起来，想长住宫中。樊哙劝说刘邦，刘邦不肯听。张良也极力劝说，说刘邦现在刚入秦就要贪图享乐，是在"助桀为虐"，还说樊哙的话是"忠言逆耳利于行，良药苦口利于病"。刘邦终于听了张良和樊哙的劝告，退到霸上，得到秦民的拥护。

不久，项羽西进，见刘邦固守函谷关，大怒，打算进兵攻打。张良曾经在项羽的叔叔项伯杀人后掩护过他，所以，项伯听到项羽要发兵的消息后，连夜到汉军中要张良赶紧逃命。张良认为丢下刘邦逃命不仗义，于是拉项伯去见刘邦。一方面说服刘邦委曲求全，一方面请项伯回去向项羽说情。刘邦听从了张良的建议，在鸿门宴上卑辞表示臣服，项庄舞剑想加害刘邦时，项伯又出来掩护，刘邦这才得以脱身逃出虎口。

公元前206年，项羽分封诸王结束，刘邦被封为汉王，领地是中国西南部的巴、蜀和汉中。刘邦去领地时，张良建议他边走边烧掉栈道，以表示不再回来，消除项羽对他的戒心，使他放心地北攻齐国，给韩信后来出击创造了条件。

公元前205年，刘邦在彭城一战中战败，张良建议争取英布、彭越和韩信联合反楚，为以后对项羽的战略包围奠定了坚实的基础。

公元前 204 年，刘邦被项羽包围在了荥阳（今河南荥阳），刘邦为摆脱困境，打算用郦食其的计谋，复立六国的后裔，牵制项羽。张良回来后，拿过刘邦面前的筷子，一条一条为刘邦陈述利害。张良说现在很多人跟随你四处奔走，就是想以后得到封地。但你现在却扶植六国后裔，等于把这些人的希望灭掉了，他们以后还要重新侍奉原来的君主。这些人肯定会离开刘邦的。刘邦听了，马上改变了主意，把刻好的印信也销毁了。

在韩信平定齐国后，韩信给刘邦写信，说齐国形势多变，应该有个王来治理，他请求让他做代理齐王。刘邦当时正被围在荥阳，看了信后大骂，张良和陈平赶忙暗中踩刘邦的脚提醒他。刘邦赶忙改口说："大丈夫要做就做真王，做什么代理王！"刘邦派张良带印信到齐国，满足了韩信做齐王的心愿，稳定了一员大将。

在刘邦和项羽划鸿沟为界后，项羽领兵东去。刘邦也想西行回去，张良和陈平则建议刘邦趁项羽粮食将尽、士兵疲惫的有利时机消灭他，免得放虎归山，养虎为患。刘邦于是追击项羽。张良又建议刘邦给韩信和彭越广阔的领地，以此吸引他们为各自利益夹击项羽。在各路大军的围攻下，项羽最后自刎而死。刘邦取得楚汉战争最后的胜利。

刘邦即位称帝后，封张良为留侯。汉朝统一之后，张良还有一些谋略对刘邦稳固江山起到重要作用。一是在封赏问题上。当时很多将领议论纷纷，觉得天下领地没有自己的份，所以人心不稳。刘邦采纳张良的建议，先封了自己最不喜欢的雍齿为什方侯，使人们觉得刘邦不喜欢的都能封侯，人心于是稳定下来。二是建议在关中定都。当时有个戍卒建议刘邦在关中建都，但大臣们都主张建都洛阳，因为他们大都是中原人。张良认为关中是"金城千里"的天府之国，可以固守，可以出击。刘邦听从了张良的建议，动身向西入关中，定都在了长安。三是对刘邦继承人的影响。刘邦觉得吕后生的儿子即太子刘盈懦弱，喜欢戚姬生的如意。吕后要张良出主意，张良要太子刘盈去亲自请刘邦一直尊敬、想请请不到的四位德高望重的老人，当时叫四皓。后来四皓果然陪太子入朝。刘邦见了，知道刘盈得民心拥护，从此再不提改立太子的事了。

张良死于汉惠帝六年，谥号文成侯。

昔时人已没，今日水犹寒
——荆轲刺秦王

易水送别

骆宾王

此地别燕丹，壮士发冲冠。
昔时人已没，今日水犹寒。

骆宾王对自己的际遇愤愤不平，对武则天的统治深为不满，期待时机，要为匡复李唐王朝，干出一番事业。可是在这种时机尚未到来之前的那种沉沦压抑的境遇，更使得诗人陷入彷徨企求的苦闷之中。《易水送别》一绝就是曲折地反映了诗人的这种心境。

据史载，秦王政重用尉缭，一心想统一中原，不断向各国进攻。他拆散了燕国和赵国的联盟，使燕国丢了好几座城。

燕国的太子丹原来留在秦国当人质，他见秦王政决心兼并列国，又夺去了燕国的土地，就偷偷地逃回燕国。他恨透了秦国，一心要替燕国报仇。但他既不操练兵马，也不打算联络诸侯共同抗秦，却把燕国的命运寄托在刺客身上。他把家产全拿出来，找寻能刺秦王政的人。

后来，太子丹物色到了一个很有本领的勇士，名叫荆轲。他把荆轲收在门下当上宾，把自己的车马给荆轲坐，自己的饭食、衣服让荆轲一起享用。荆轲当然很感激太子丹。

公元前 230 年，秦国灭了韩国；过了两年，秦国大将王翦占领了赵国都城邯郸，一直向北进军，逼近了燕国。

燕太子丹十分焦急，就去找荆轲。太子丹说："拿兵力去对付秦国，简直像拿鸡蛋去砸石头；要联合各国合纵抗秦，看来也办不到了。我想，派一位勇士，打扮成使者去见秦王，挨近秦王身边，逼他退还诸侯的土地。秦王要是答应了最好，要是不答应，就把他刺死。您看行不行？"

荆轲说："行！"

太子丹事前准备了一把锋利的匕首，叫工匠用毒药煮炼过。谁只要被这把匕首刺出一滴血，就会立刻气绝身死。他把这把匕首送给荆轲，作为行刺的武器，又派了个年才十三岁的勇士秦舞阳，做荆轲的副手。

公元前 227 年，荆轲从燕国出发到咸阳去。太子丹和少数宾客穿上白衣白帽，到易水（在今河北易县）边送别。临行的时候，荆轲给大家唱了一首歌："风萧萧兮易水寒，壮士一去兮不复还。"

大家听了他悲壮的歌声，都伤心得流下眼泪。荆轲拉着秦舞阳跳上车，头也不回地走了。

荆轲到了秦国，买通秦王宠臣中庶子蒙嘉，以得秦王在咸阳宫召见。荆轲献呈燕国地图，展开地图时，卷在里面的匕首露了出来。秦王政一见，惊得跳了起来。

荆轲连忙抓起匕首，左手拉住秦王政的袖子，右手把匕首向秦王政胸口直扎过去。

秦王政使劲地向后一转身，把那只袖子挣断了。他跳过旁边的屏风，刚要往外跑。荆轲拿着匕首追了上来，秦王政一见跑不了，就绕着朝堂上的大铜柱子跑。荆轲紧紧地跟着。

两个人像走马灯似地直转悠。

旁边虽然有许多官员，但是都手无寸铁；台阶下的武士，按秦国的规矩，没有秦王命令是不准上殿的，大家都急得六神无主，也没有人召台下的武士。

官员中有个伺候秦王政的医生，急中生智，拿起手里的药袋对准荆轲扔了过去。荆轲用手一扬，那只药袋就飞到一边去了。

就在这一眨眼的工夫，秦王政往前一步，拔出宝剑，砍断了荆轲的左腿。

荆轲站立不住，倒在地上。他拿匕首直向秦王政扔过去。秦王政往右边只一闪，那把匕首就从他耳边飞过去，打在铜柱子上，"嘣"的一声，直迸火星儿。

秦王政见荆轲手里没有武器，又上前向荆轲砍了几剑。荆轲身上受了八处剑伤，自己知道已经失败，苦笑着说："我没有早下手，本来是想先逼你退还燕国的土地。"

这时候，侍从的武士已经一起赶上殿来，结果了荆轲的性命。台阶下的那个秦舞阳，也早就给武士们杀了。

汉代金吾千骑来，翡翠屠苏鹦鹉杯
——东汉的外戚与宦官之争

长安古意

卢照邻

长安大道连狭斜，青牛白马七香车。

玉辇纵横过主第，金鞭络绎向侯家。

龙衔宝盖承朝日，凤吐流苏带晚霞。

百丈游丝争绕树，一群娇鸟共啼花。

啼花戏蝶千门侧，碧树银台万种色。

复道交窗作合欢，双阙连甍垂凤翼。

梁家画阁中天起，汉帝金茎云外直。

楼前相望不相知，陌上相逢讵相识。

借问吹箫向紫烟，曾经学舞度芳年。

得成比目何辞死，愿作鸳鸯不羡仙。

比目鸳鸯真可羡，双去双来君不见。

生憎帐额绣孤鸾，好取门帘贴双燕。

双燕双飞绕画梁，罗帏翠被郁金香。

片片行云着蝉鬓，纤纤初月上鸦黄。

鸦黄粉白车中出，含娇含态情非一。

妖童宝马铁连钱，娼妇盘龙金屈膝。

御史府中乌夜啼，廷尉门前雀欲栖。

隐隐朱城临玉道，遥遥翠幰没金堤。

挟弹飞鹰杜陵北，探丸借客渭桥西。

俱邀侠客芙蓉剑，共宿娼家桃李蹊。

娼家日暮紫罗裙，清歌一啭口氛氲。

北堂夜夜人如月，南陌朝朝骑似云。

南陌北堂连北里，五剧三条控三市。

弱柳青槐拂地垂，佳气红尘暗天起。

汉代金吾千骑来，翡翠屠苏鹦鹉杯。

罗襦宝带为君解，燕歌赵舞为君开。

别有豪华称将相，转日回天不相让。

意气由来排灌夫，专权判不容萧相。

专权意气本豪雄，青虬紫燕坐春风。

自言歌舞长千载，自谓骄奢凌五公。

节物风光不相待，桑田碧海须臾改。

昔时金阶白玉堂，即今唯见青松在。

寂寂寥寥扬子居，年年岁岁一床书。

独有南山桂花发，飞来飞去袭人裾。

这首言辞华丽的《长安古意》是一首七言歌行，是卢照邻的代表作，在中国诗歌史上具有划时代的意义，震动当时诗坛。它以汉事讽唐，托古讽今。诗中的"专权判不容萧相"，是说霍氏凌蔑车千秋，赵广汉突入丞相府召其夫人跪庭下。由此可见，汉代外戚专政宦官弄权很严重，皇帝有时也无可奈何。

汉顺帝时，后兄梁冀，继父梁商为大将军，顺帝死，梁冀立两岁小儿为帝，是为冲帝。次年冲帝死，梁冀又立八岁小儿为帝，是为质帝，质帝当众说梁冀"此跋扈将军也"，梁冀就把质帝毒死，立 15 岁刘志为帝，是为桓帝，由梁太后临朝。

梁冀当权近 20 年，地方官员进贡，好的送给梁冀，次品献给皇帝。梁冀送给扶风（陕西兴平）富户士孙奋一套车马（四马一车），向他借钱五千万，士孙奋给梁三千万，梁冀大怒，诬说奋母原是梁家之婢，偷过梁家白珠十斛、紫金千斤，士孙奋冤死狱中，家产被抄没，共 1 亿 7 千余万。梁冀还劫掠几千口良人为奴婢，称之为'自卖人'。梁冀强占民田，营建私家苑园，周围千里，有人误杀了园中一只兔子，竟牵连十余人惨遭杀害。

梁家 7 人封侯，3 人为皇后，6 人为贵人，4 人为大将军，3 人为尚公主，任卿、将、尹、校的 57 人。

桓帝刘志原是河间王刘开之孙，15 岁时被梁太后和梁冀立为皇帝，他对梁冀是又怕又恨。

延熹二年（159 年），梁太后死，桓帝与中常侍单超、具瑗、唐衡、左悺、徐璜 5 人合谋，派虎贲、羽林千余人包围梁翼府第，梁翼自杀，梁氏族人亲戚，不论老少，皆弃市，受牵连而被杀的公卿、将校、二千石以上官员有数十人，故吏、宾客被免官的有 300 余人，"朝廷为空"，梁翼家产被抄，共计 30 余亿。

单超等 5 人同日封侯，从此，东汉政权被宦官垄断。

汉朝的许多皇帝即位时年龄都很小，依汉律皇帝年幼不能亲政时由皇太后摄政。一个女人，她只能依靠自己的娘家人，这就容易形成外戚专权的局面。皇帝长大后，往往想夺回政权，这时他接触的人只有宦官，所以他只能依靠宦官。有了小皇帝的支持，宦官的权力会慢慢的变大。到了一定的时机，他们会铲除外戚。这样有形成了宦官专权的局面。皇帝死后，小皇帝即位，又一个循环开始了。所以汉代后期是外戚与宦官轮流执政的时期。

滕王高阁临江渚，佩玉鸣鸾罢歌舞
——记滕王李元婴

滕王阁

王勃

滕王高阁临江渚，佩玉鸣鸾罢歌舞。

画栋朝飞南浦云，珠帘暮卷西山雨。

闲云潭影日悠悠，物换星移几度秋。

阁中帝子今何在？槛外长江空自流。

唐高宗上元三年（676年），诗人王勃远道去交趾探父，途经洪州（今江西南昌），参与阎都督宴会，即席作《滕王阁》。第一句开门见山，用质朴苍老的笔法，点出了滕王阁的形势。滕王阁是高祖李渊之子滕王李元婴任洪州都督时所建。

李元婴，生卒年不详。祖籍陇西成纪（今甘肃秦安西北）。李元婴在唐永徽中任洪州（今江西）都督兼刺史（唐时最高地方长官），并在临江的"仙人旧址"上建阁为别居，因李元婴曾封滕王，后人遂将此别居称为"滕王阁"。

李元婴来任南昌都督，并不自愿。相传他从苏州刺史调任洪州时，心中怏怏不乐，遂从苏州带了一班歌舞乐伎，终日在洪州都督府里吹谈歌舞，寻欢作乐。后来在幕僚的建议下，来到章江门外的岗峦之上，居高临江，远眺西山层峦迭翠，近俯赣江波涛滚滚的壮丽景色，顿觉心胸开阔。于是在此动土建阁，兴建了这座千古名楼。洪州人因为他是帝子滕王，便将该阁称之为"滕王阁"。从此，滕王阁与湖南的岳阳楼，武汉的黄鹤楼并称为江南三大名楼。李元婴后因"数犯宪章，削邑户及亲事帐内之事"，终被"谪置"安徽滁州。

李元婴身为天潢贵胄，名声却不敢恭维。贞观十三年，李元婴任职山东滕县，被封为滕王，实封八百户。贞观十五年，授金州（今陕西古泉以乐，旬阳以西的汉水流域）刺史，实封千户。据称在金州任职期间"骄纵失度"。百姓农忙季节，他却牵狗呼鹰，屡出围猎，毁坏庄稼，且放纵奴仆，侮辱僚属，毫无"凤子龙孙"尊仪，与倡优贱隶赌博游戏。还发明了一种用于取乐的变态游戏，即用丸弹人，以看人仓皇躲避为乐。并在严寒季节，以雪埋人，借以取乐。结果弄得当地民不聊生，怨声载道。特别是在唐太宗丧期内，他竟然不顾礼仪，公然召集部属，"燕饮歌舞，狎昵厮养"。为此，唐高宗李治专颁御书严词切责，警告他说："人之有过，贵在能改，国有宪章，私恩难再。"

永徽三年，李元婴迁任苏州刺史，第二年转任洪州（即今南昌）都督。洪州在当时来说还比较偏僻，属安置谪降官员的地方。滕王由繁华的苏州迁往偏僻的洪州，心中大为不满，所幸天高皇帝远，哪里还记得高宗的警告？不久即将治国安邦的大事置于脑后，日日笙歌，更加肆无忌惮，为所欲为。

不仅如此，李元婴且是一个好色之徒，僚属妻子但凡有些姿色的，他便假传王妃之命，招进府内，然后强迫奸宿。部下慑于他的淫威，敢怒不敢言，唯有严加防范。有些无耻之人则以此为进身之阶，得以加官进爵。相传他将一个典签的妻子郑氏骗去，不料郑氏勇敢机智，狠狠地教训了他一顿。当李元婴欲强行非礼时，郑氏大叫："奴才无礼！"李元婴急忙说："我是滕王呀！"郑氏回答道："大王难道会做这种下流事，你一定是家奴！"说完便脱下一只鞋子望李元婴头部痛击，又伸出长长的指甲猛抓李元婴的脸，李元婴顿时血污满面。这时王妃闻声赶来，郑氏乘机脱身还家。李元婴满面羞惭，怕下属耻笑，十余日不出视事，托病养伤。

李元婴被上述二件事弄得有些扫兴，于是召集部属卫兵打猎取乐。有一次他逐猎到了赣江东岸，但见西山翠峰如簇，浓荫叠嶂；江上舟楫竞发，碧水如练；洲上鸥鹭翔集，蝴蝶戏飞；不禁留连忘返，不忍离去。回府后便决定在江边建一座楼阁，供自己登临游观、歌舞宴饮之用。于是下令马上召集工匠，加派捐税，动工兴建。经过数月的日夜营造，一座宏丽的楼阁终于雄峙江边。但见层台耸翠，上出重霄；飞阁流丹，下临无地，十分巍峨壮观。李元婴好不高兴，亲书"仙人旧馆"之匾挂上。因有滕王阁，故李元婴在常游之际，见江渚中有自己衷爱的翩翩蝴蝶，于是以自己擅长的绘画，将其描绘下来。据传，他画过许多蝴蝶图，最有名的一幅是《百蝶图》，并从此在画坛留下了"滕派蝶画"的美名。

李元婴又喜欢歌舞，妙解音律，他来任洪州时，便从苏州带来了一班歌儿舞女。有一天，一个渔人在江中打渔时网得一块青石，长四尺，阔九寸，颜色光润不同于众石。如果悬起轻敲，会发出清越的鸣声。渔人将石献给都督府，李元婴将它悬挂阁中。于是日日与一帮狎客饮酒赋诗，征歌逐舞。李元婴有时自度腔调，有时轻敲檀板、慢拢丝弦，亲为伴奏。佩玉鸣鸾，日夜不休。行人驻足观望，疑为仙人。

李元婴游宴无度，荒废政事、搜括民财供自己挥霍等不法之事被唐高宗得知后，高宗下令削去他的邑户，将他

万古唯留楚客悲：诗词中的怀古故事

谪降滁州安置。后来又起授寿州刺史，不久转隆州（今四川省阆中县西）刺史。在隆州时，李元婴很怀念他在洪州的"仙人旧馆"，于是又重聚民财，宏修衙宇，名曰"隆范"，建有"滕王亭"。此亭不如滕王阁壮丽，很少有人知道。李元婴在隆州贪黩不法时，录事参军裴聿劝谏他，却遭到了他的殴打污辱。当时有民谣曰："宁向詹、崖、振、白（均是边远山区），不事江、滕、蒋、虢。"连唐高宗对李元婴的贪黩也很不满，有一次赏赐诸王彩缎五百匹，以李元婴和蒋王贪婪，只给了他们麻二车，还讥讽说："滕叔、蒋兄，自解经济，不劳赐物与之。"搞得二王下不了台。

武则天时，李元婴拜开府仪同三司、梁州都督。元明元年死去。赠司徒、冀州都督，陪葬献陵。

南登碣石馆，遥望黄金台
——燕昭王招贤纳士

燕昭王

陈子昂

南登碣石馆，遥望黄金台。
丘陵尽乔木，昭王安在哉？
霸图今已矣，驱马复归来。

万岁通天二年（697 年），武后派建安郡王武攸宜北征契丹，陈子昂随军参谋。武攸宜出身亲贵，全然不晓军事。陈子昂屡献奇计，不被理睬，剀切陈词，反遭贬斥，徙署军曹。作者有感于燕昭王招贤振兴燕国的故事，写下了这首诗歌。

燕昭王，是战国时燕国的君主。公元前 312 年执政后，广招贤士，使原来国势衰败的燕国逐渐强大起来，并且打败了当时的强国——齐国。

关于燕昭王招贤纳士的故事很多。据传，燕昭王即位后，立志使燕国强大起来，下决心物色治国的人才，可是没找到合适的人。有人提醒他，老臣郭隗挺有见识，不如去找他商量一下。

燕昭王亲自登门拜访郭隗，对郭隗说："齐国趁我们国家内乱侵略我们，这个耻辱我是忘不了的。但是现在燕国国力弱小，还不能报这个仇。要是有个贤人来帮助我报仇雪耻，我宁愿伺候他。您能不能推荐这样的人才呢？"

郭隗摸了摸自己的胡子，沉思了一下说："要推荐现成的人才，我也说不上，请允许我先说个故事吧。"接着，他就说了个故事：

古时候，有个国君，最爱千里马。他派人到处寻找，找了三年都没找到。有个侍臣打听到远处某个地方有一匹名贵的千里马，就跟国君说，只要给他一千两金子，准能把千里马买回来。那个国君挺高兴，就派侍臣带了一千两金子去买。没料到侍臣到了那里，千里马已经害病死了。侍臣想，空着双手回去不好交代，就把带去的金子拿出一半，把马骨买了回来。

侍臣把马骨献给国君，国君大发雷霆，说："我要你买的是活马，谁叫你花了钱把没用的马骨买回来？"侍臣不慌不忙地说："人家听说你肯花钱买死马，还怕没有人把活马送上来？"

国君将信将疑，也不再责备侍臣。这个消息一传开，大家都认为那位国君真爱惜千里马。不出一年，果然从四面八方送来了好几匹千里马。

郭隗说完这个故事，说："大王一定要征求贤才，就不妨把我当马骨来试一试吧。"

燕昭王听了大受启发，回去以后，马上派人造了一座很精致的房子给郭隗住，还拜郭隗做老师。各国有才干的人听到燕昭王这样真心实意招请人才，纷纷赶到燕国来求见。其中最出名的是赵国人乐毅。

乐毅是名将乐羊之后，才学出众，深通兵法，曾被荐为赵国官吏，为了躲避赵国内乱，便到了魏国。他听说燕昭王礼贤下士，随生向往之心。正巧一次乐毅为魏出使燕国，昭王十分恭敬地客礼相待，乐毅颇受感动，决意留在燕国，昭王随即任其为亚卿，委以国政和兵权。

昭王在乐毅等人的辅助下，兢兢业业地奋斗了28载，不仅国家日渐殷富，积累了相当实力，而且培养了奋发图强的民风。燕国上下同仇敌忾，举兵伐齐的条件一天天趋于成熟。举兵伐齐旗开得胜。

周赧王三十一年（公元前284年），燕昭王任命乐毅为上将军，统兵出征。此时，楚军已驻军于淮南，准备夺取齐国淮北之地；秦与赵、韩、魏也各派一名大将军率军向齐国进发。齐湣开始并未料到燕国会联合诸国攻齐，及至发觉燕军已攻入齐国时，才仓促应战。齐湣王尽起全国之兵，渡过济水，西进拒敌。齐军因连年征战，士气低落，加之其民望对作战不利的士兵以挖祖坟、斩首级等残忍手段相威胁，更是齐兵寒心。联军发起进攻，齐军一触即溃，连连败北。齐军主力被歼后，齐湣王率残部狼狈逃窜，退回国都临淄。昭王闻讯十分高兴，亲至济西战场劳军，后犒将士，封乐毅为昌国君。

乐毅厚赏秦、韩两国军队后遣其归国；然后命赵军进攻河间，命魏军转向东南收取昔日宋国之地；自率燕军直捣齐都。燕军长驱直入，势如破竹，一气攻占了临淄。齐湣王被迫出逃，辗转之莒（今山东莒县）地固守，后被楚将淖齿所杀。

乐毅之所以能充分发挥其杰出的政治军事才能，是与昭王对他的绝对信任、坚定支持分不开的。当乐毅在齐国攻城略地时，昭王不加丝毫干预，让乐毅放手大干。当乐毅久克莒和即墨两城不下，有人趁机进谗时，昭王一面痛斥其人，一面派使者对乐毅慰勉有加。昭王用贤不疑，换得部下赤诚相报。

金涧养芝术，石床卧苔藓
——为诸葛亮之师的庞德公

登鹿门山怀古

孟浩然

清晓因兴来，乘流越江岘。

沙禽近初识，浦树遥莫辨。

渐到鹿门山，山明翠微浅。

岩潭多屈曲，舟楫屡回转。

昔闻庞德公，采药遂不返。

金涧养芝术，石床卧苔藓。

纷吾感耆旧，结缆事攀践。

隐迹今尚存，高风邈已远。

白云何时去，丹桂空偃蹇。

探讨意未穷，回艇夕阳晚。

　　孟浩然在这首诗中，提到了三国时期的一个重要人物——庞德公。

　　庞德公，生卒年待考。东汉名士。襄阳人。居住岘山之南，以耕读为业。夫妻相敬如宾，和蔼相处，从不趋炎附势，走官进府。

　　庞德公世居襄阳，祖先也曾在朝中为官，挣得一份家产。传到庞德公父亲时，家产已消耗殆尽，日趋没落。但庞德公的父亲由于幼年受过极好的教育，具有较高的德性；家中也还有些余资，他全部拿来接济穷人，在乡亲中享有很高的威望。街坊邻里，三亲六眷，如有什么事情，总爱向他请教，或去请他出面打点，他也从不推辞，故有很好的群众关系，得到乡亲们的尊敬。后来喜添一子，合家高兴。为让儿子继承父志，立功于国家，树德于桑梓，故为子取名为德公。因在襄阳东岘山所生，故字山民。庞德公自幼聪明过人，记忆非凡，不说儿歌听一遍就会，即便是那《诗经》、《古风》之类，往往稍加点拨，便倒背如流，连他的父亲也惊讶不已。因而，他的父亲便决定阖家移居岘山之南，以便让庞德公能潜心读书，将来能重振家业，有所作为。他父亲收集到各种书籍，请来当时襄阳名儒，教庞德公日夜苦读，也不让他操持家务，更不许出岘山。岘山是襄阳东边一风景秀丽的去处，这里茂林修竹，气候宜人，土地肥沃，物产丰富。也是庞德公祖上有些远见，当年买下这座山头，使他们一家得以在这兵荒马乱年月，有个栖身之所，还可潜心读诗作文。也是祖上福荫，这庞德公不仅天性聪敏，且读书十分刻苦，父亲为他准备的前代经典，诸子百家，不到几年功夫，竟全部读完，并且每篇都能背诵如流，此外还读了不少兵书。庞德公的父亲见天下大乱，于是给他加了些兵书韬略让他学习，以备日后之用。

庞德公也争气，竟没有辜负他父亲的期望，等到近二十岁时，不仅已是学富五车，才高八斗的饱学之士，成为

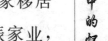

万古唯留楚客悲：诗词中的怀古故事

当时最负盛名的学识渊博之人，而且讲起文韬武略、攻城掠阵，无所不通，成为当时最知名的军事家。也许是人生始自糊涂始，也许是天生性格难转移，也许是看破红尘求归隐，也许是远离争斗保自身。总之，那些不学无术之徒，总想投机钻营，求个一官半职，混些钱米俸禄；倘若得志，便耀武扬威，得意忘形；等到主上翻脸，削官受刑时，又觉天崩地裂，惶惶无所终。而德高才富如庞德公者，却对仕途没有兴趣，每日里在那岘山之中诗书礼乐，琴棋书画，不问政事。那襄阳太守本是无名鼠辈，无才无德，见天下日渐其乱，便也萌生野心，在其境内广揽人才，扩充势力，待机起事。庞德公有一邻居，与那太守有些往来，见庞德公文韬武略，无所不精，又得知太守高禄养士，故向太守鼎力荐庞。太守要邻居来说庞德公，庞德公说："我学的是治理天下的正经本事，并没有学背主求荣，为虎作伥的邪门歪道；现既然朝廷无用，宦官专权，我进不能报国，那就只好退在家里孝尽父母，关照妻子儿女。"那邻人知他志向，也不再劝。

自此以后，庞德公便一改往日成天苦读的生活方式，开始了日出而作、日入而息的农人生活。他读书是一位秀才，而做活，很快也成了一把好手。他不仅学会耕地、播种、除草、施肥、割麦、打谷，还从南阳引进一种大头菜，栽于岘山之侧。也不知是感于人，还是宜于土，这大头菜居然长得比南阳的大了好几倍，至今成为襄阳一绝。

然而，他并没有就此沉沦，他仍然时刻关注着国家政局的变化，经常和当时的襄阳名流——如诸葛亮、司马徽、徐元直、崔州平，还有他的侄儿庞统（又名庞士元）一起讨论时政，针砭时弊，抒发生不逢时的忧愤。有时，当一个人独处的时候，他或读史，或著述，或经常一个人在林中颂咏歌赋，排遣那种壮志难酬的苦闷。不久，他同襄中宿儒的女儿结为夫妻，二人相敬如宾。在田里劳作的时候，庞德公"耕于垄上"，而其妻子"耘于前"；干活干累了，两个人便坐下来歇歇；带来的茶水和干粮，二人总是平分着吃，充满了生活的情趣。太阳下山时，庞德公扛着犁耙，他妻子牵着耕牛，一前一后，衬着夕阳，简直就像一幅美丽的图画，令过往的行人十分羡慕，在乡亲邻里中传为佳话。

他早先居襄阳岘山之南，以耕读为业。刘表为荆州牧（治所襄阳），闻知德公德高望重，数次请他进城府做官，皆辞不屈就。刘表问他不肯官禄，后世何以留子孙，他回答说：世人留给子孙的是贪图享乐、好逸恶劳的坏习惯，我留给子孙的是耕读传家、过安居乐业的生活，所留不同罢了。

由于坚请不赴，刘表只好亲自登门拜访。有一天，庞德公正在耕作，两人就在地里交谈了起来。刘表说，一个人不做官，只是保全自身，而不是保全天下呀！庞德公回答说，有一种叫鸿鹄的鸟，筑巢于高林之上，使其暮而得所栖；有一种叫鼋龟的动物穴于深渊之下，使其夕而所得宿。人们的趋舍行止也是人的巢穴也，且各得其栖宿而已。他用此生动、形象的比喻，说明了物各有所求，人各有其志的缘由。刘表接着又问他，先生您辛苦地耕种在田间而不肯做官食俸禄，那么，在您百年之后用什么留给子孙呢？德公又回答说，当官的人都把危险留给子孙，我却把勤耕读，安居乐业留给他们。只是所留下的东西不同罢了，不能说我没有留下什么东西。刘表见劝说不动他，只好叹息而去。

庞德公与司马徽、徐庶是好友，过往甚密。他的儿子庞山民，娶诸葛亮小姐为妻。诸葛亮以师礼对待德公，每次来访，独拜于床下。

一次，司马德操来德公家，恰巧德公过汉水去扫先人墓，他竟直入其室。德公妻子拜见，他竟不客气地要她快些做饭。不一会儿，徐元直来，正要动筷，德公回，大家甚欢，"不知何者为客也"。

德操小德公十岁，以兄看待。德公称他为"水镜"。相传，在一次挚友相聚宴会上，庞德公提议"说文论世"，司马徽侃侃而谈，庞德公翘起大拇指称道说："先生数典如流水，论事如明镜，真乃水镜也。"水镜先生的美誉由此得名。

今襄阳城东门外庞公乡是德公的出生地。鹿门山上的"三高祠"即是为纪念庞德公和唐代诗人孟浩然、皮日休而于明代所建。

羊公碑尚在，读罢泪沾襟
——羊祜率军抗敌

与诸子登岘山

孟浩然

人事有代谢，往来成古今。
江山留胜迹，我辈复登临。
水落鱼梁浅，天寒梦泽深。
羊公碑尚在，读罢泪沾襟。

作者求仕不遇，心情苦闷。他登上岘山，想到羊祜当年的心境，想起羊祜说过的"登此山者多矣，皆烟灭无闻"的话，与自己的处境正相吻合。"烟灭无闻"正是对自己遭遇的写照，触景生情，倍感悲伤，不禁潸然下泪。全诗借古抒怀，感情深沉。

羊祜（221－278 年），字叔子，泰山南城（今山东费县西南）人，西晋著名的战略家。羊祜出身于汉魏名门士族之家。羊祜祖父羊续汉末曾任南阳太守，父亲羊衜为曹魏时期的上党太守，母亲蔡氏是汉代名儒、左中郎将蔡邕的女儿，姐姐嫁与司马懿之子司马师为妻。

羊祜长大后，博学多才、善于写文、长于论辩而有盛名于世。而且仪度潇洒，身长七尺三寸，须眉秀美。郡将夏侯威认为他不同常人，把兄长夏侯霸的女儿嫁给他。羊祜被荐举为上计吏，州官四次征辟他为从事、秀才，五府也纷纷任命他。由于此时曹魏统治阶级内部正进行着争夺最高权力的斗争，这一斗争主要是在曹氏集团与司马氏集团之间展开的，羊祜与斗争的双方都有姻亲关系。处于夹缝中的羊祜不愿意卷入到漩涡之中，所以采取了回避态度，没有同意。

正始十年（249 年），司马懿发动高平陵之变，并诛杀曹爽，夺得军政大权。政变之后，司马懿大举剪除曹氏集团，与曹爽有关的很多人遭到诛连。羊祜的岳父夏侯霸为逃避杀戮，投降了蜀国。王沈也因为是曹爽的故吏而被罢免，于是，对羊祜说："常识卿前语。"羊祜却安慰他，说："此非始虑所及。"

在这场灾难中，羊祜并未因岳父降蜀受罚，这大约得济于他的亲司马氏的政治态度。夏侯霸投降蜀国，其亲属怕受牵连，大都与其家断绝了关系，只有羊祜，安慰其家属，体恤其亲人，亲近恩礼，愈于常日。

正元二年（255 年），司马师病逝，司马昭执政，为大将军。司马昭任大将军，征辟羊祜，羊祜没有应命。于是，朝廷公车征拜羊祜为中书侍郎，不久升为给事中、黄门郎。

羊祜在朝廷，虽身处士大夫之间，但持身正直，从不亲亲疏疏，因此，有识之士，对他特别尊崇。

咸熙二年十二月（266 年 1 月），司马炎受禅称帝，建立西晋王朝，史称晋武帝。因为羊祜有扶立之功，被进号为中军将军，加散骑常侍，进爵为郡公，食邑三千户。羊祜怕引起贾充等权臣的妒嫉，固让封公，只受侯爵，于是，由本爵钜平子进封为侯，设置郎中令，备设九官之职，并授给他的夫人印绶。

泰始六年（270年），吴国在荆州的都督换上著名的军事家陆抗。陆抗到荆州后，注意到西晋的动向，立即上疏给吴主孙皓。陆抗对荆州的形势表示忧虑，提醒孙皓不要盲目迷信长江天堑，应该认真备战。他把自己的想法归纳为十七条建议，请求实行。陆抗的到来，引起羊祜的警惕和不安。因此，他一面加紧在荆州进行军事布置；一面向晋武帝密呈奏表。密表建议，伐吴战争必须利用长江上游的便利条件，在益州（今四川地区）大办水军。泰始八年（272年）八月，吴主孙皓解除西陵（今湖北宜昌）督步阐的职务。步阐因害怕被杀，拒绝返回建邺，当年九月，献城降晋。陆抗闻讯，立即派兵围攻西陵。晋武帝命令羊祜和巴西监军徐胤各率军分别攻打江陵（今湖北江陵）和建平（今四川巫县），从东西两面分散陆抗的兵力，以实现由荆州刺史杨肇直接去西陵救援步阐的计划。但陆抗破坏了江陵以北的道路，5万晋军粮秣的运输发生困难，再加上江陵城防坚固，不易攻打，羊祜顿兵于城下，不能前进。杨肇兵少粮悬，被陆抗击败，步阐城陷族诛。有司上奏说："祜所统八万余人，贼众不过三万。祜顿兵江陵，使贼备得设。乃遣杨肇偏军入险，兵少粮悬，军人挫衄。背违诏命，无大臣节。可免官，以候就第。"结果，羊祜因此被贬为平南将军，杨肇则被贬为平民。

西陵救援失利后，羊祜总结教训认识到：吴国的国势虽已衰退，但仍有一定的实力，特别是荆州尚有陆抗这样的优秀将领主持军事，平吴战争不宜操之过急。于是，他采取军事蚕食和提倡信义的两面策略，以积蓄实力，瓦解对方，寻找灭吴的合适时机。鉴于历史上孟献子经营武牢而郑人畏惧，晏婴筑城东阳而莱子降服的经验，羊祜挥兵挺进，占据了荆州以东的战略要地，先后建立五座城池。并以此为依托，占据肥沃土地，夺取吴人资财。于是，石城以西均晋国占有，吴人来降者源源不绝。羊祜于是实施怀柔、攻心之计。在荆州边界，羊祜对吴国的百姓与军队讲究信义，每次和吴人交战，羊祜都预先与对方商定交战的时间，从不搞突然袭击。对于主张偷袭的部将，羊祜用酒将他们灌醉，不许他们再说。有部下在边界抓到吴军两位将领的孩子。羊祜知道后，马上命令将孩子送回。后来，吴将夏详、邵颉等前来归降，那两位少年的父亲也率其部属一起来降。吴将陈尚、潘景进犯，羊祜将二人追杀，然后，嘉赏他们死节而厚礼殡殓。两家子弟前来迎丧，羊祜以礼送还。吴将邓香进犯夏口，羊祜悬赏将他活捉，抓来后，又把他放回。邓香感恩，率其部属归降。羊祜的部队行军路过吴国边境，收割田里稻谷以充军粮，但每次都要根据收割数量用绢偿还。打猎的时候，羊祜约束部下，不许超越边界线。如有禽兽先被吴国人所伤而后被晋兵获得，他都送还对方。羊祜这些作法，使吴人心悦诚服，十分尊重他，不称呼他的名字，只称"羊公"。对于羊祜的这些作法，陆抗心中很清楚，所以常告诫将士们说："彼专为德，我专为暴，是不战而自服也。各保分界而已，无求细利。"

因此，在很长的一段时间里，晋吴两国的荆州边线处于和平状态。羊祜与陆抗对垒，双方常有使者往还。陆抗称赞羊祜的德行度量，"虽乐毅、诸葛孔明不能过也"。

一次陆抗生病，向羊祜求药，羊祜马上派人把药送过来，并说："这是我最近自己配制的药，还未服，听说您病了，就先送给您吃。"吴将怕其中有诈，劝陆抗勿服，陆抗不疑，并说："羊祜岂鸩人者！"仰而服下。当时人都说，这可能是春秋时华元、子反重见了。吴主孙皓听到陆抗在边境的做法，很不理解；就派人斥责他。陆抗回答："一邑一乡，不可以无信义，况大国乎！臣不如此，正是彰其德，于祜无伤也"。孙皓无言以对。羊祜在边境，德名素著，可在朝中，却每遭诋毁。他正直忠贞，嫉恶如仇，毫无私念，因而颇受荀勖、冯紞等人忌恨。王衍是他的堂甥，曾来见他陈说事情，言辞华丽，雄辩滔滔。羊祜很不以为然，王衍拂衣而去。羊祜对宾客说："王夷甫方以盛名处大位，然败俗伤化，必此人也。"西陵之战，羊祜曾要按军法处斩王戎。所以，王戎、王衍都怨恨他，言谈中常常攻击他。当时人说："二王当国，羊公无德。"咸宁二年（276年）十月，晋武帝改封羊祜为征南大将军，恢复其贬降前的一切职权，开府仪同三司，可以自行辟召僚佐。当初羊祜便认为，要想伐吴，必须凭借长江上游的有利地势。当时吴国有童谣："阿童复阿童，衔刀浮渡江，不畏岸上兽，但畏水中龙。"羊祜听后，说："此必水军有功，但当思应其名者耳。"正逢益州刺史王濬被征召任大司农。羊祜发现王濬的才能可当重任，而王濬的小字又是"阿童"，正应了童谣之言。而当时在西晋朝廷内部，王濬是个有争议的人物。羊祜极力肯定王濬的军事才能，主张济其所欲，充分发挥他的才能。

越王勾践破吴归，战士还家尽锦衣
——卧薪尝胆的勾践

越中览古

越王勾践破吴归，战士还家尽锦衣。
宫女如花满春殿，只今惟有鹧鸪飞。

这是一首怀古之作，亦即诗人游览越中（唐越州，治所在今浙江绍兴），有感于其地在古代历史上所发生过的著名事件而写下的。

吴王阖闾打败楚国，成了南方霸主。吴国跟附近的越国（都城在今浙江绍兴）素来不和。公元前496年，越国国王勾践即位。吴王趁越国刚刚遭到丧事，就发兵打越国。吴越两国在槜李地方，发生一场大战。

吴王阖闾满以为可以打赢，没想到打了个败仗，自己又中箭受了重伤，再加上上了年纪，回到吴国，就咽了气。

吴王阖闾死后，儿子夫差即位。阖闾临死时对夫差说："不要忘记报越国的仇。"

夫差记住这个嘱咐，叫人经常提醒他。他经过宫门，手下的人就扯开了嗓子喊："夫差！你忘了越王杀你父亲的仇吗？"

夫差流着眼泪说："不，不敢忘。"

他叫伍子胥和另一个大臣伯嚭操练兵马，准备攻打越国。过了两年，吴王夫差亲自率领大军去打越国。越国有两个很能干的大夫，一个叫文种，一个叫范蠡。范蠡对勾践说："吴国练兵快三年了。这回决心报仇，来势凶猛。咱们不如守住城，不要跟他们作战。"

勾践不同意，也发大军去跟吴国人拼个死活。两国的军队在大湖一带打上了。越军果然大败。

越王勾践带了五千个残兵败将逃到会稽，被吴军围困起来。勾践弄得一点办法都没有了。他跟范蠡说："懊悔没有听你的话，弄到这步田地。现在该怎么办？"

范蠡说："咱们赶快去求和吧。"

勾践派文种到吴王营里去求和。文种在夫差面前把勾践愿意投降的意思说了一遍。吴王夫差想同意，可是伍子胥坚决反对。

文种回去后，打听到吴国的伯嚭是个贪财好色的小人，就把一批美女和珍宝，私下送给伯嚭，请伯嚭在夫差面前讲好话。

经过伯嚭在夫差面前一番劝说，吴王夫差不顾伍子胥的反对，答应了越国的求和，但是要勾践亲自到吴国去。

文种回去向勾践报告了。勾践把国家大事托付给文种，自己带着夫人和范蠡到吴国去。

勾践到了吴国，夫差让他们夫妇俩住在阖闾的大坟旁边一间石屋里，叫勾践给他喂马。范蠡跟着做奴仆的工作。夫差每次坐车出去，勾践就给他拉马，这样过了两年，夫差认为勾践真心归顺了他，就放勾践回国。

勾践回到越国后，立志报仇雪耻。他唯恐眼前的安逸消磨了志气，在吃饭的地方挂上一个苦胆，每逢吃饭的时候，就先尝一尝苦味，还自己问："你忘了会稽的耻辱吗?"他还把席子撤去，用柴草当作褥子。这就是后来人传诵的"卧薪尝胆"。

勾践决定要使越国富强起来，他亲自参加耕种，叫他的夫人自己织布，来鼓励生产。因为越国遭到亡国的灾难，人口大大减少，他订出奖励生育的制度。他叫文种管理国家大事，叫范蠡训练人马，自己虚心听从别人的意见，救济贫苦的百姓。全国的老百姓都巴不得多加一把劲，好叫这个受欺压的国家改变成为强国。